武家の相続

本丸 目付部屋 7

藤木 桂

時代小説

二見時代小説文庫

JN067489

目次

武家の相続――本丸 目付部屋 7

武家の相続——本丸目付部屋7・主な登場人物

妹尾十左衛門久継《せのおじゅうざえもんひさつぐ》…十名いる目付方の筆頭を務める練達者。千石の譜代の旗本。

牧原佐久三郎頼健《まきはらさくさぶろうよりきよ》…奥右筆組頭《おくゆうひつくみがしら》より新しく目付となった切れ者。

咲江《さきえ》……………十左衛門の二歳年下の妹。十六歳で千五百石の旗本に嫁ぎ四男一女をもうける。

飯田路之介《いいだみちのすけ》……父の悪事で家を失うが、十左衛門に保護され妹尾家の若党となった少年。

山岸透次郎衛秀《やまぎしとうじろうやすひで》…十左衛門の妹・咲江の夫。但馬守の官位を戴く二千石の役高の日光奉行。

笙太郎《しょうたろう》…………山岸家三男。妹尾家の養子となることが決まった十五歳の甥。

おちか…………第一話「捨て子さらい」に登場する七歳の娘。気丈に弟と妹の面倒を見る。

桐野仁之丞忠周《きりのじんのじょうただちか》…使番《つかいばん》から目付となった若者。穏やかな性格にして頭の回転が速い。

小原孫九郎長胤《おばらまごくろうながたね》…目付方では最高齢の四十八歳。家禄は二千石の大身旗本。

竹山克次郎《たけやまかつじろう》……計算能力に長けていることを鼻にかけている作事方被官。

稲葉徹太郎兼道《いなばてつたろうかねみち》…徒頭《かちがしら》から目付方へと抜擢された男。

橘 斗三郎《たちばなとさぶろう》……四人いる徒目付組頭の中で特に目付の信頼を集めている。十左衛門の義弟。

本間柊次郎《ほんまとうじろう》……目付方配下として働く、若く有能な徒目付《かち》。

甲山太治郎《こうやまたじろう》……昌平橋で斗三郎に保護された少年。平勘定の見習い。

前島覚右衛門《まえじまかくえもん》…第四話「陣屋」で火災に巻き込まれた小金牧金ケ作陣屋の代官。

第一話　捨て子さらい

一

目付筆頭・妹尾《せのお》十左衛門《じゅうざえもん》久継《ひさつぐ》の家中の者たちが、「後生《ごしょう》でございますから、どうかもう、ご養子の若さまをお決めになってくださいまし」と、しつこく頼んでくるようになったのは、十左衛門がくだんの湯呑み所での騒動で、大火傷《やけど》を負ってからのことであった。

今年、十左衛門は四十六歳になった。

愛妻の「与野《よの》」には七年前、いまだ子ができないうちに病《やまい》にて先立たれてしまい、以来、十左衛門は、親類縁者から次々と薦《すす》められる「後妻《ごさい》」を片っ端《ぱし》から断って、独《ひと》り身を通してきた。

そうして後妻を娶《めと》る気がないのであれば、もうとうに跡継ぎにする養子をもらい、万が一、現当主の自分に何ぞかあった際にも妹尾家が絶えてしまわないよう、正式な嫡子《ちゃくし》として幕府に認めてもらっておくのが、武家の当主としては当然のことなのである。

だが十左衛門は、これまでずっと養子ももらわず、そのままになっていたのだ。

「大火傷《あれ》があってからというもの、まあまこと皆が五月蠅《うるそ》うてたまらぬゆえ、こたび養子を取ることにいたしてな」

今、十左衛門は新任目付の牧原《まきはら》と二人、宿直《とのい》の番で、就寝前の暇つぶしに世間話をしていたところである。

その十左衛門の話に、「え？」と牧原は驚いたようだった。

「なれば、ご筆頭、これまでずっとご嫡子がおられませんでしたので？」

「さよう……。まあ、ここらが『年貢の納め時』というところであろうな」

そう言ってカラカラと笑っている十左衛門に、牧原は少しく呆れたように目を丸くしていたが、この新任目付も最近はだいぶ打ち解けてきて、これぐらいの話であれば、遠慮がちながらも自分から話の先を訊《たず》ねてくる。

「して、ご筆頭。ご養子の当ては、お在《あ》りに？」

訊ねてきた牧原に、十左衛門は大きくうなずいて見せた。

「実を申せば、二つ下に『咲江《さきえ》』という妹がおるのさ。これが十六で嫁に行き、四男一女の大所帯ゆえ、倅《せがれ》の一人ぐらいは妹尾《こちら》家にくれよう。現に昨夜も押しかけて参ってなあ、『早く決めろ。もう三男と四男しか残っておらぬ』と、騒ぐだけ騒いで帰っていったわ」

「さようにございましたか。なれば、ご心配はあられませんね」

他人事《ひとごと》ながらホッとした顔を見せてきた牧原に、十左衛門が笑っていると、

「高木《たかぎ》です。失礼をいたします」

と、襖《ふすま》の外の廊下から声がかかって、徒目付《かちめつけ》の高木与一郎《よいちろう》が目付部屋のなかに入ってきた。

「どうした、与一郎。何ぞ、あったか？」

十左衛門が訊《たず》ねると、「はい」と高木は近づいてきて、低く応えた。

「ただいま市ヶ谷《いちがや》の辻番所《つじばんしょ》より急ぎ報せが参ったのでございますが、何でも『捨て子が人さらいにさらわれた』そうにございまして……」

「捨て子がさらわれた、と？」

十左衛門が目を丸くすると、「はい」と高木は自分の懐《ふところ》から何やら文らしきもの

を取り出して、手渡してきた。

「こちらの文が、赤子についていたそうにございます。辻番所の者の話では、おそらく親は『町人』か『百姓』ではございませんかと……」

高木が渡してきたのは、ごく短い文である。

「ふむ……」

と、それを読みかけて、つと十左衛門はまた遠慮して控えている牧原に気づいて、振り返った。

「ちと牧原どの、貴殿もご一緒に……」

「あ、はい」

慌てて牧原も近づいてきて、一緒に文を覗き込んだ。

なるほど、文はたしかに、武家以外の者の手によるもののようだった。

『明和《めいわ》五年正月　廿《にじゆうしち》七日出生　とめ吉
母をやに死にわかれ　乳なく　なんじゃうつかまつり　候《そうろう》
どふぞや御そだてにあつかりたく　よろしく御ねがいもうしあげ候　かしく』

子を捨てたのが武家地の路上ゆえ、できるだけ正式な形に文を仕立てなければと、精一杯の親心で、一所懸命に書き綴ったものなのであろう。

文は短く、たどたどしくて誤字もあり、お世辞にも立派なものとはいえなかったが、おそらくは女房に死なれた男が乳飲《ち》み子を抱えて、「どこか貰い乳できるところはないか」と、必死になって探しまわったのであろう姿が、目に浮かぶようだった。

「して、『さらわれた』というのは、どういうことだ？」

十左衛門が訊ねると、「それが……」と、高木は口ごもった。

「どうも報告《しらせ》に参りました者自身は、じかに捨て子を目にした訳ではございませんようで、事情を訊ねましても、いまひとつ、はっきりとは判らぬようなのでございますが……」

夜番をしていた辻番所の番人たちが、「今どこかで、赤ん坊の泣き声がしたような気がする」と、か細い泣き声を頼りに見廻りに出てみたところ、提灯《ちょうちん》を突き出して探していたその道の先に、赤子が入れられているらしい盥《たらい》があったという。

だが、「おう、あれだ！」と、番人二人がそちらに行きかけたその矢先、突然、暗がりから男が現れて、盥のなかからバッと赤子をさらうようにして逃げていった、というのである。

「番人のうちの一人が、赤子をさらって逃げた男を追っていったそうなのでございますが、今のところはそれきりで、まだ戻っては参りませんようで……」

もう一人が残された盥を拾い上げ、とりあえず他の番人たちの待つ辻番所に報告に戻ったところ、布団代わりのつもりか盥に敷かれた古着の下に、この文が入っていたのだという。

「うむ。相判《あいわか》った」

十左衛門は立ち上がると、「牧原どの」と、横にいる牧原佐久三郎を振り返った。

「ちと、これより高木とともに市ヶ谷に出向いて参るゆえ、江戸城《しろ》の護《まも》りのほうをお頼みできようか?」

「はい。心得ましてござりまする」

いまだ牧原の返事は硬く、「ご筆頭」のこちらに向けて、深々と低頭してくる。

その牧原を残すと、十左衛門は高木ら数名の配下とともに、玄関で待っていた辻番所の番人の案内のもと、急ぎ現場へと駆けつけるのだった。

二

幕府が『辻番』の設置を正式に決めたのは、寛永《かんえい》六年(一六二九)、いまだ幕府が創成期の頃のことである。

江戸という大都市の治安を維持するにあたって、幕府は番方《ばんかた》である『大番組《おおばんぐみ》』の者たちに市中を定期的に巡廻《じゅんかい》させるとともに、江戸市中、要所要所の道の辻に『番所』を置いて、それぞれに近辺の警固をさせた。

これが『辻番』の番所である。

町人地ではこれを『自身番《じしんばん》』と呼んで、その町内の者たちに交替で番をさせ、何ぞ有事の際には町奉行所の役人が駆けつけて、捕縛《ほばく》なり、事情聴取なりと処理をしているのだが、武家地においてはそのままに『辻番所』と呼んで、こちらはその近隣に住む武家たちに運営を課していた。

大名であれ、旗本や御家人であれ、皆、必ず幕府から拝領屋敷を与えられている。

拝領した屋敷の周辺、つまり「ご公儀《こうぎ》」の地所である武家地の道筋を警固するのは武家としては当然のことで、大名も旗本も御家人も、それぞれ近隣の武家らと組合を作り、共同で辻番所の運営を担っていた。

俗に『組合辻番《くみあいつじばん》』と呼ばれるこうした辻番所は、江戸に約六八〇ヶ所もある。

そのほかにも『一手持辻番《いってもち》』といって、幕府から広大な拝領屋敷を与えられている大名家が自家一家のみで設営している辻番所もあり、こちらは江戸市中に約二二〇ヶ所あった。

合わせて九〇〇ヶ所もあるこうした辻番所に、幕府はさまざま「辻番所の役割」を定めて、命じていた。

辻番所にはそれぞれ受け持ちの区域がきっちりと決められており、『廻《まわ》り場』と呼ばれるその区域内で、何ぞ非常事態が発生した際には、すぐに辻番所で対応するよう定められている。

まずは「辻斬り」や「火賊《かぞく》（放火犯）」に代表される犯罪の類《たぐ》いを防ぐため、定期的に廻り場内を巡廻し、不審者を見かけた際には訊問《じんもん》して、必要とあらば辻番所のなかに留め置き、ただちに目付方に報せなければならない。

町場に置かれている『自身番』は町奉行所の管轄《かんかつ》だが、公儀の地所である武家地にある『辻番所』は、幕府の礼法全般を監督し指導する目付方の監視下に入るのだ。

城の本丸御殿の玄関脇には、常時、徒目付ら数人が交替で詰めている番所部屋があるのだが、辻番所は何ぞ変事があった際には、とりあえずの処置を済ませた上で、急ぎ本丸御殿の玄関まで使いの者を走らせるのが決まりであった。

そうしてそれは、「捨て子」の場合も同様であった。

廻り場内に「捨て子」や「迷子」、「行き倒れの病人」や「泥酔者」などを発見した際には、すぐに辻番所か組合内のどこかの屋敷に連れ込んで介抱し、医者が必要なら直ちに呼んで治療させ、飢えているようなら飲食を与えたりした後に、急ぎ目付方へと報告しなければならない。

今回「不審な捨て子の一件」を報せてきた辻番所は、小禄の旗本や御家人ばかりが住んでいる市ヶ谷の山伏町《やまぶしまち》にあり、その通りの一隅に、捨て子があったというのだ。

「私どもの辻番所は、ついこの先にてござりまする。逃げた男を無事、捕らえられましたか否かは、まだ判らぬのでございますが、赤子がさらわれた現場《ところ》に居合わせたもう一人を番所に待たせてございます。どうぞそちらに……」

十左衛門ら一行を案内してきたのは、この辻番所の組合員の一人で、今年一年間、『年番《ねんばん》』を務めている旗本だそうである。

こうした組合辻番では、組合員の武家たちが一年交替で『年番』を務める決まりになっている。こたびのように何か変事が起こった際には、年番の武家が中心となって事の処理にあたるゆえ、こうした城への報告も、基本、年番の武家がすることになっているのだ。

「おう！　戻っておったか、七蔵《しちぞう》」

辻番所に入るなり、年番の旗本がそう言って、

「この七蔵が、『捨て子さらい』を追った者にてござりまする」

と、番人の一人を紹介してきた。

「ほう。そなたが追うてくれたのか」

十左衛門が声をかけると、「へえ」と番人はぺこりと頭を下げてきたが、「いや、それが……」と先を続けて、そのまま喋り始めようとした。

「これ七蔵、控えぬか！　こちらは御目付方のなかでもご筆頭の妹尾さまだぞ！」

「…………！」

年番の旗本に叱られて、七蔵もほかの番人たちも、慌てて床に平伏してくる。

見れば、七蔵と呼ばれたその番人は、四十を少し過ぎたあたりかと見える恰幅《かっぷく》のよい男で、いかにも武家に雇われた辻番人らしく、中間《ちゅうげん》の格好《なり》をしていた。

「よいよい、顔を上げよ。それより、そなた、赤子をさらった者を追ったそうだが、いかがであった？」

十左衛門が声をかけると、七蔵は顔を上げるどころか、さらに身を縮めて小さくなった。

「申し訳ござぇやせん。この奥の、『裏山伏《うらやまぶし》』のあたりで撒《ま》かれちめぇやして……」

七蔵の言った「裏山伏」というのは、広い武家地である山伏町のなかでも奥まった部分で、この辻番所からは細い路地を右に左にと、幾つも曲がったあたりのことをいうらしい。

　もとより今日は朝からずっと曇りがちで、夜になっても、月は厚い雲に隠れてほとんど姿を現さないため、町場と違い、店の明かりがまったくない武家地では、相手が提灯でも持っていない限り、見失うのは当然といえた。

　盥から赤子をさらって逃げていったというのだから、向こうは提灯の類いなど提げてないのが当たり前で、一方で七蔵も、追うにせよ捕らえるにせよ提灯は邪魔なので、もう一人の番人に預けて空《から》っ手で追いかけていたという。

「こうも月が出ぬのでは、いたし方なかろう。して、そやつの背丈や歳格好《とし》なんぞは見て取れたか？」

　十左衛門が訊ねると、「へえ」と七蔵は、ようやく顔を上げてきた。

「背格好なら、あいつが盥《たれえ》ん中から赤ん坊をさらっていきやした際《とき》に、提灯をこう突きつけて、とっくりと拝んでやりやしたんで……」

　歳の頃は三十を少し過ぎたかというあたり、いかにもどこか武家奉公の中間だろうと見える、痩せぎすの小柄な男であったという。

「『中間』であったか……」

　七蔵の話を聞いて十左衛門が考え込むと、万事に察しのよい高木与一郎が、まるで十左衛門の心の内が見えているかのように言ってきた。

「文の筆跡《て》は、いかにも町人か百姓のようでございましたゆえ、赤子をさらって逃げた男が中間でございますなら、やはり父親《てておや》が思い直して、連れに参ったのやもしれませぬ」

「うむ……」

十左衛門もうなずいた。

武家で『中間』として雇われている男たちは、武士ではなく、町人身分の者たちである。

高木が言ってきたように、実のところ十左衛門も「おそらくは父親が一度は捨てた我が子を取り戻しに来ただけではあるまいか」と、半ばはそう考えていたのだ。

「御上《おかみ》より『子捨て』は固く禁じられておるゆえ、捕まれば、一度は子を捨てようとしたことを咎められて罰せられるに違いないと、さように思うて逃げたのやもしれぬな」

「はい。私もそのように……」

するとそんな十左衛門や高木に取りすがるようにして、横手から七蔵が真剣な顔で言ってきた。

「ありゃ父親《てておや》じゃァござんせん！　もし親なら、いくら手前《てめえ》の居場所がバレようが、赤子の口に蓋《ふた》をして、ああしてまるきり声が洩れねえようにしておくなんてこたァ、怖《おそ》ろしくて、とても、とても……」

　月明かりのない暗闇のなか、七蔵が逃げた男を追うことができたのは、赤子の泣き声がしていたからだった。「ここにいる。助けてくれ」と、赤子が必死に助けを求めてくるようで、七蔵は何としても助け出してやりたいと、泣く声を頼りに右に左に、夢中になって角を曲がり、追い続けていたという。

「その声が、ぷっつりしねえようになりやしたのが、裏山伏のあのあたりでごぜえやした。あっしも最初ァ『どっかで声がしねえもんか』と、ただもう必死で探してたんでごぜえやすが、いくら待っても、どっからも、まるきり声がしねえんで、怖ろしくなりやして……」

　ついさっきまであれほど激しく泣いていたというのに、急にピタリと声が止《や》んだということは、男に口を塞《ふさ》がれているに違いないと思った。

　こうして自分がここにいて、しつこく探しまわっている限り、きっと赤子は口を塞がれ続けるに決まっていて、そんなことをしている間に、息ができずに死んでしまったら元も子もないのである。

こんな粗暴な男に赤子をさらわれたままにするのは忍びないが、さりとて、ここで自分が粘れば、赤子の命が危うかろう。

七蔵は「ちっ！　逃げられたか」と、わざと大きく独り言を言うと、急ぎ踵《きびす》を返して、裏山伏と呼ばれるその場所から駆け去ったということだった。

「いや、まこと、そなたの申す通りであろうな。よう気づいてくれた」

十左衛門はそう言うと、褒められて照れ臭そうにしている七蔵に、改めて真っ直ぐ向き合った。

「そなたが懸命に守らんとしてくれた命だ。ゆめ、おざなりにいたすつもりはない。捨て子の身で、何ゆえかような次第に到ったものかは判らぬが、必ずや突き止めて、『とめ吉』なる赤子の無事をたしかめようからな」

「へえ」

再び平伏してきた七蔵たちを残して、十左衛門は高木らとともに辻番所を立ち去るのだった。

三

「たとえ素性の判らぬ捨て子一人の命とて、決して、おざなりに扱ってはならない」

という精神は、社会のなかの弱者に向けた幕府の基本方針でもあった。

およそ八十年前の貞享《じょうきょう》四年（一六八七）、五代将軍・綱吉《つなよし》公が出された幕令《ばくれい》の一つに、『生類憐《しょうるいあわれ》みの令』などと呼ばれているものがある。

実際には『生類憐みの令』と、そのままの名をつけられた幕令はないのだが、犬や牛馬などの動物から始まって、病人や乳幼児、捨て子や迷子などといった人間社会の弱者に対しても、

「万事、憐みの心を持って、たとえものの役には立たない存在であっても、ゆめ粗略には扱わないよう、できるかぎりに、守り、慈《いつく》しんでやるように……」

という綱吉公が推進された政策があった。その政策のもと、生類の取り扱いについての細かい法令が次々と出されており、それを世間が総称して『生類憐みの令』などと呼んでいるのだ。

綱吉公の御世《みよ》であった一六八〇年代、当時はまだ幕府創成期に見られた戦国時代の

風潮を引きずっていて、平和と安泰が長く続いている明和年間の今とは違い、「ものの役には立たない事物」への対応が冷淡であったという。

野良犬や、農耕には役立たなくなった老病の牛馬などはむろんのこと、病《やまい》や怪我で行き倒れた旅人などを見かけても、多くは何もせず放ったらかしで、見て見ぬふりが平気でできるような土壌が、世間全般にあったのだ。

むろんその根底には、精神的にも金銭的にも他者を気遣う余裕がないという事実があったであろう。

だが儒教を深く信心していた綱吉公は、そうした殺伐とした風潮を根本的に変えていかねばと考えて、「働けなくなった牛馬も捨てずに、面倒を見るように……」とか、「荷車を走行させる際には、通行人ばかりではなく路上にいる犬や猫にも気を配り、轢《ひ》いたり、怪我をさせたりしないように……」などと、その時々で問題になった事案に合わせて動物や弱者を保護する令を増発していき、それが世間に『生類憐みの令』という総称で認識されるようになったのである。

むろん『生類憐みの令』といえば、犬に関する行き過ぎた保護令などで見られるよう、問題点が多々あって、百年近くが経った明和年間《いま》でも、まるで「悪法の鑑《かがみ》」のように取り沙汰されることがある。

事実、綱吉公が亡くなるとすぐに、犬に関わる令をはじめ、過剰な保護令は次々と廃止されていったが、病人や捨て子といった社会の弱者に対しての保護政策は残されて、今回のように捨て子があれば、辻番所なり自身番なりが中心となって、手厚く保護してやるよう幕令が敷かれているのだ。

「その保護の規定《きまり》についてが、ちとあれこれ面倒でございまして、こたびがように捨て子があると、やはり揉め事の類《たぐい》も多うございますので……」

十左衛門と牧原を前にして、そんな話をしているのは、徒目付の高木である。

くだんの山伏町の一件については、すでに高木が配下の者たちを使いながら、あれこれと調べ始めている。十左衛門は新任の牧原の指導も兼ねて、この一件を二人で担当し、今は高木からの報告を聞くため、十左衛門の自宅である駿河台《するがだい》の妹尾家に三人で集まって、いわゆる捜査会議を始めたところであった。

「して、実際、どうしたことで『揉める』のだ？」

十左衛門に訊《き》かれて、「それが……」と、高木は答え始めた。

「捨て子がどこに置かれていたものか、まずはそのあたりが揉め事の原因《もと》となることが多うございまして」

たとえば今回のように、組合辻番の廻り場内に捨て子があった場合、まずは見つけた者が辻番所に報告し、捨て子がどこに置かれていたか、その正確な位置を幾人かで承認し合った上で、年番の武家の者が記録して、たいていはそのまま年番武家が仕方なく自分の屋敷に連れ帰って保護するという流れになる。

「けだし捨て子の大半は、いまだ物心も付かない赤子ばかりでございますゆえ、すぐにも貰い乳ができるところを探さねばなりませぬ。これがとにかく、大変な苦労のようで……」

組合内のどこかの家に、ちょうど乳幼児を育てている母親がいれば、まずはそこに頼み込むことになるのだが、そんな都合のよいことには、ほとんどならない。

またよしんばそうした家があっても、乳の出が良くなくて自分の子供を育てるにも難渋していたりすると、貰い乳を頼むことができないため、仕方なく『重湯《おもゆ》』を作ったり、『白雪糕《はくせつこう》』を湯に溶かしたものなどを飲ませて、様子を見ることとなった。

「『はくせつこう』？」

高木の話に、口をはさんだのは十左衛門である。子のいない十左衛門には何のことやら判らず、高木から聞いた通りに繰り返してみたのだが、その答えは意外にも、横にいた牧原のほうから返ってきた。

「もち米を粉にしたものに白砂糖とハスの実の粉を混ぜて固めた、干菓子にてござりまする。この白雪糕を細かに砕きまして湯に溶かしてやりますと、とろりとして、乳の代用となりますので」

「ほう……。砂糖とハスの実と聞いただけでも、美味《うま》そうだな」

十左衛門は、亡き妻・与野の影響もあって、男ながらに甘味もいける口である。するとと存外、牧原も、甘味はまんざらでもないようで、「はい」と笑ってうなずいてきた。

「私も、倅《せがれ》がまだ赤子の時分に、幾度かつまみ喰いをいたしました」

と、めずらしくそんな話までしてきたが、つと牧原は真顔に戻って、言い足した。

「ただやはり赤子はすぐに腹の調子を崩しますゆえ、そうした代用ばかりでは良くないと、うちも貰い乳を探して難渋いたしました。それを思えば、捨て子を拾うて揉めるというのも、まことうなずける話で……」

「さようさな」

十左衛門が牧原と話してうなずいていると、横手から高木が遠慮がちに言いさしてきた。

「それに何より、『養家探し』で揉めるようにございまして……」

幕府は「捨て子の保護」について、最終的に子をもらって育ててくれる養家を見つけるところまでを責任持って行うよう、辻番所や自身番に命じている。

そうしてこの「養家」は武家ではなく、必ず町人か百姓の家でなければならなかった。

なぜ養家を町人や百姓に限るかといえば、武家は幕府から『家禄』という形で所領や禄米を安堵《あんど》されており、その家禄を子の代になっても幕府から安堵されるためには、代々しっかり血縁が繋がっていなければならないからで、つまり武家はいくら跡継ぎにする子供が欲しくても、捨て子のように血縁関係のない子供では、養子にはできないのだ。

それゆえ、こたびのように武家地内に捨て子があった際には、組合員の武家たちは、それぞれに自領の領民である百姓たちをあたったり、自家に出入りの商人らに頼んで養家を探してもらったりしなければならず、貰い乳する際の女人への礼金なども含め、どこの馬の骨とも判らない捨て子の赤子一人のために、結構な金と労力とを負担しなければならなかった。

「それで、つと思うたのでございますが、実はこたびが一件も、辻番の者らが思うておりますような『人さらい』の類いではなく、いわば『捨て子の押しつけ合い』といったものではございませんかと……」

「押し付け合い？」

目を丸くした十左衛門に、

「はい」

と、高木はうなずいてきた。

高木の推理は、こうである。

山伏町のあの区域の誰かが、いち早く捨て子の泣き声に気がついて、自分ら組合員にこれからかかってくるであろうかなりな負担を避けるため、急ぎ捨て子を他の区域に移動させようとしたのではないかというのだ。

「実は以前、下谷御徒町《したやおかちまち》の辻番でございましたが、捨て子がちょうど隣り合った廻り場の境界《さかい》に置かれておりましたらしく、どちらの側の捨て子とするかで、ずいぶんと揉めまして……」

その赤子は綿入れの着物に包まれて路上の角に置かれていたそうなのだが、「赤子の身体の六割方はそちらに入っているのだから、当然そちらの管轄だ」とか、「六割方といっても、こちらにあるのは足のほうで、頭はそちらに向いているのだから、親はそちらに子を託したかったに違いない」などと、双方さんざんに押しつけ合って、揉めたらしい。

「して、結句、その赤子はどうなったのだ」

十左衛門が先を促して訊ねると、「いや、それが……」と、高木は眉を寄せて言い出した。

「どうも、今こうして思い出してみましても、つくづくとひどいもので……」

ああだ、こうだと、さんざんに押しつけ合った挙句《あげく》、どうにも合意がつかなくて、本丸御殿の玄関脇にある徒目付の番所に、相談に駆け込んできたという。

「徒目付《こちら》の判断を仰《あお》ごうと、赤子をそのままにしてあるというので驚きまして、とにかく急ぎ駆けつけたのでございますが、見れば『どちらが六割』というほどには差異もなく、両方に等分に世話を命じてまいりました」

実際、捨て子の置かれ場所をめぐっての揉め事は少なくないそうで、つまりはそれだけ負担が大きいということだった。

「したが、たしか捨て子を引き取った者には、幕府より養育の金子《きんす》が出るであろう?」

十左衛門が訊ねると、「はい」と、高木はうなずいた。

「まずはその養い親の身持ちがたしかな者か、赤子にやれる乳はあるかなど、徒目付《こちら》でも直に引き渡しに立ち会って確かめてからではございますが、金三両ほどを養育の足しにと手渡しておりまする」

高木の答えは明快で、養い親への金三両のほかにも、一時的に捨て子を預かって、乳を与えたり世話をしたりした者にも、一日当たり銭《ぜに》で一貫文《かんもん》（一〇〇〇文）を下すことになっているそうだった。

こうして高木が目付である十左衛門より詳しいのには訳があり、基本、江戸市中にある約九〇〇ヶ所の辻番所を統轄するのは、徒目付の仕事なのである。

日頃の管理については、徒目付のなかに『辻番　改《あらため》』という掛《かかり》が作られていて、下役の小人《こびと》目付を配下に使いながら、辻番所が正規に機能しているかどうか、定期的に九〇〇ヶ所もある辻番所を順次見てまわっている。

その他にも、逆に辻番所のほうから有事の報告が来た際には、よほど事件性でもない限り、「お忙しい御目付さま方々」の手は煩《わずら》わせないようにと、徒目付たちの判断で、たいていのことは処理しているのだ。

今回は「捨て子が、辻番人の目の前でさらわれていった」というから、目付部屋へも連絡に走り、「ご筆頭」のお出ましをいただいた訳だが、高木自身はあの晩、現場で辻番所の者たちの話を聞いているうちに、赤子は「さらわれた」のではなく、「面倒だから、他所《よそ》に押しつけられた」のではないかと思われてきたという。

「養い親や、乳をくれた女人には、そうして金子が出るのですが、実際に貰い乳の先を探したり、養い親を求めて出入りの商人《あきんど》に口利きを頼んだりした武家《もの》には、何の褒美《ほうび》もございません。何を探すにいたしましても、手間も金子もかかりますので」

「なるほどの……」

十左衛門はうなずいた。

「して、高木。どう探る？」

「今、手始めに近場の辻番所から順番に、あの晩以降、赤子の男児の捨て子はないか、当たらせております」

「うむ。なれど『他所《よそ》に捨て子を押しつける』というだけなら、必ず武家地とも限らんからな。町場の自身番にも聞き込みができるよう、町方（町奉行方）のほうには明日にでも儂《わし》から話を通しておくが……」

と、十左衛門は言いさして、ここで一転、話を変えて先を続けた。

「したが、どうだ？　やはり『本当に人さらいに遭った』という、そちらの線からも、あたってみたほうがよかろう？」

「さようでございますね……」

横手から、ようやく口を挟んできたのは、牧原佐久三郎である。

これまでも、もう幾度か牧原は十左衛門に誘われて、こうして妹尾家に来ており、捜査の会議だけではなく夕餉や酒もともにしているのだが、こと仕事の話となると、いまだ先輩目付である十左衛門に遠慮をして、聞き役にまわることが多い。

だがそれでも牧原が、時折こうして「もう、どうにも黙っていられない」という風《ふう》に、遠慮がちながらも異論を唱えてくることが、十左衛門には嬉しかった。

この「異論を唱えられる」ということが目付としては重要不可欠な資質で、十人も目付が必要な理由はただ一つ、どんな案件を扱う際も「正義は一つとは限らない」からである。

自分は目付の筆頭として、できるだけさまざまな角度から、他人《ひと》の言動の真意や物事の経緯の理由を推理して、「真実《ほんとう》のところはどうなのか」、「この場合に、通すべき正義は何か」と、常に真摯《しんし》に公平に考えるようにはしているのだが、とはいえ私心などというものは完全に消せるものではない。

たとえば合議の席などでも、その事案が、自分の損得と離れた事案であればあるほど、己の信じる信念や正義に基づいて、自論に固執したくなるのが人情なのだ。

そうした際に、それでも目付が十人いれば十人分の正義が披露されるから、改めて自論と考え比べて、何が「是」で、何が「非」かを精査することができる。

その貴重な十人のうちの一人を、新任の牧原にも担ってもらわねばならないのだから、こうして遠慮がちにでも横手から口を出してくれるというのは、何よりホッとするところであった。

「して、牧原どのは、こたびの『捨て子さらい』をどう見られる？」

「はい……」

神妙な顔をして牧原は、ちと十左衛門《こちら》が想像もしなかった推論を口にし始めた。

「『掏摸《すり》』の盗賊団といった代物《しろもの》が、ああして市中から子をさらって、仲間にするため集めていると、聞いたことがございまして……」

「えっ……」

遠くで小さく声を上げてきたのは、妹尾家の若党の一人、飯田路之介《いいだみちのすけ》である。

路之介は、今年ようやく十三歳になった妹尾家の最年少の家臣で、普段から十左衛門や十左衛門の愛猫『八《はち》』の身の周りの世話を担当している。

今も十左衛門の客である牧原や高木に酒食を運んできたところで、邪魔にならないよう、いつものように静かに膳の用意を整えて、客らが遠慮しないよう酒の酌《しゃく》までしていたら、子供にとってはとんでもなく怖ろしい話が耳に入ってしまったようだった。

「お話の邪魔をして申し訳ございません。失礼をいたしました」

大人たちの注目が一瞬にして自分に向いてしまったのを感じて、路之介は急ぎ牧原と高木に酌をし終えると、飼い主の十左衛門より路之介にべったりな猫の八をお供に、一礼して座敷から退いていった。

「どうも、怖がらせてしまいましたようで、申し訳ございません」

路之介を見送ってそう言ってきた牧原に、十左衛門は首を横に振った。

「いやな。実は近頃、ああして何くれとなく細々《こまごま》と仕事を見つけては、少しでも長くここにおりたいようなのだ」

「…………？」

牧原ばかりか高木までが、「ご筆頭。それはどういう意味でございましょうか？」と言わんばかりに目を見開いて向き直ってきて、十左衛門は思わず苦笑いになった。

「近く貰う養子の話だ。甥《おい》の笙太郎《しょうたろう》がこの家に養子に来ると決まってからというもの、どうも少しく路之介が変《あやっ》でな」

「『変』と申しますと？」

気を遣《つか》い、まるで合いの手を入れてきたような牧原に、十左衛門は笑顔を向けた。

「いや、何と申せばよいのか判らぬが、どうもこう、ちと幼児返りをいたしたというか、おそらくは甥の笙太郎がこの屋敷に来ぬうちに、目一杯、儂や『八』のそばにおりたいという風でな……」

以前なら、十左衛門が遅い時刻に屋敷に戻ってくると、健気《けなげ》にあれこれ十左衛門の世話をしながらも、子供らしく眠くて仕方ないという顔をしていて、「もうよいゆえ、一足先に、おぬしは休め」と勧めると、「有難うございます。なれば、失礼をいたします」と、眠気に負けて素直に退出していったものだった。

「したが、養子を取ると決まってからは、儂がどれほど『先に寝ろ』と申しても、『大丈夫でございます』と、いっこうに退《ひ》かんのだ。一昨日などは、儂の夕餉《ゆうげ》の世話をして飯のおかわりを装《よそ》いながら、半ば目を瞑《つむ》っておった」

「それはまた……」

牧原が目尻を下げてそう言って、高木も一緒に笑っていたが、一転、高木は真顔に戻って目付二人に頭を下げてきた。

「考えが安易に偏《かたよ》り、都合、捜査《しらべ》も甘きものになりまして、まことにもって申し訳ございませぬ。牧原さまの仰せの通り、縦《よ》し、まことに子が賊にさらわれておりますならば、放っておく訳にはまいりません。江戸市中の安寧《あんねい》のためにも、他にそうした連れ去りの事例はないか、広く当たってまいりまする」

「うむ」

と、十左衛門もうなずいた。

「なれば、さっそく明日にでも北町の依田和泉守《よだいずみのかみ》さまをお訪ねし、くだんの『捨て子の押しつけ』も含め、町場についてはご尽力のほどをお頼みしてまいろう。目付方《こちら》は急ぎ、辻番所をすべて当たってくれ」

「ははっ」

こうして翌朝には、北町奉行・依田和泉守の命《めい》の下、町場においても奉行所の役人たちが動き始めたのであった。

四

武家地にある辻番所では高木ら徒目付たちが、町場にある自身番には町方の同心たちがと、それぞれに手配りをしながら聞き込みを始めた内容は、以下のようなものである。

まずは最近、廻り場内に、くだんの「山伏町のとめ吉」と見られる男児の捨て子がなかったかどうか。

また、とめ吉らしき赤子ではなくても、ほかに捨て子や迷子の類いはなかったか。

普通の家庭《いえ》の子がさらわれたり、急にいなくなったりしたなどという事件はなかったかの三点である。

赤子の連れ去りがあった山伏町を基点にして、そこから東西南北に、目付方も町方も調《しら》査《べ》を進めていったのだが、聞き込みを始めて三日と経たないうちに、捨て子に関わる案件が六件もあったことが判明した。

そのうちの三件ほどは、いわゆる「平常な」捨て子の案件である。

これは三件、すべて町場の自身番が取り扱ったものであったが、夜間、赤子の泣き声を聞きつけた通行人や周辺の家の者たちが、裏手の路地で捨て子を見つけ、自身番に届けたということだった。

すでに三件とも、捨て子は無事にしっかりとした養い親を見つけてもらい、養育金の三両も、こちらは町奉行所の役人から渡されたそうである。

だが他の残り三件が、何とも嫌な予感のするものであった。

まず一件は、市ヶ谷柳町《やなぎまち》という町人地で見つかったという、「子捨て未遂《みすい》」ともいえるような案件である。

今から二十日ばかり前の晩、柳町の町内に小ぶりな店を構えている味噌屋《みそや》の夫婦が、「どこかで赤子の泣く声がする」と夫婦二人で外に出て、泣き声を頼りに宵闇のなかを探していたところ、夫婦が持っていた提灯の灯りの向こうに、地面から赤子を拾い上げている男を見つけたという。

火がついたように大声で泣き出した赤子を抱いて、男はあわてて逃げようとする。

その男を味噌屋の主人が追いかけて捕まえて、「その子は何だ？　何をしている？」と詰問《きつもん》したところ、男は赤子を抱いたまま頭を下げてきて、「こりゃ、あっしの倅でごぜえやす」と、そう言ってきたというのだ。

「なれば、味噌屋はその男と、話をしたのでございますか？」

十左衛門が訊ねた相手は、北町奉行の依田和泉守政次《まさつぐ》である。

「さよう。『とにかく事情を聞かせろ』と、どうも味噌屋は自分の店に連れ込んで、話をしたらしい」

今、二人が話しているのは、北町奉行所の奥座敷である。

十左衛門は牧原と高木を連れて、ついさっき北町奉行所に出向いてきたところで、目付方、町方と、お互いバラバラに捜査するだけでは進展が遅れるため、「随時、判明したことについては、報告し合っていきたい」と、十左衛門らのほうから押しかけてきたのである。

あらかじめ奉行所に面談の要請をしておいた訳ではないので、応対は誰か手の空いている下役の者にでもしてもらい、今日はこちらからの報告だけをして、和泉守には後で伝えてもらえばいいと考えていたのだが、有難いことに、月番の奉行としてしごく忙しいはずの和泉守が、わざわざ直《じか》に顔を出してくれたのである。

そうしてここまで、まずは町場の調査で判った事実《こと》を聞かせてくれていたのだが、市ヶ谷柳町で起きたという四件目の経緯が、くだんの山伏町の「とめ吉」が連れ去られた一件とかなり類似していることに、今、十左衛門はぞわぞわと嫌な予感を感じずにはいられなかった。

「して、赤子はどうなりましたので？」

思わず前のめりになった十左衛門に、「それよ」と和泉守も、大きく身を乗り出してきた。

「つまりは渡してしもうたのさ。まあ聞けば、味噌屋がその男を『赤子の親』と信じたのも判らないではないのだがな」

赤子を抱いたまま頑《かたくな》に離そうとしない男を、味噌屋は無理に引っ張って、自分の店のなかに連れ込んだという。

「男は棒手振《ぼてふり》の八百屋《やおや》であったそうでな、いくら訊いても『名だけは勘弁してくれ』と、とうとう言わんでいたようだが……」

今年は梅雨が異常に長く、おまけに『梅雨寒《つゆざむ》』どころか冬に戻ったような冷え込みが続いたため、例年に比べて野菜の出来が壊滅的に悪いそうで、男のようなその日稼《ひかせ》ぎの振り売りには野菜の値が高すぎて、満足に仕入れもできないそうだった。

「棒手振」というのは、天秤棒《てんびんぼう》の両端に笊《ざる》や木箱を吊るして、そのなかに、たとえば野菜のような自分が商う品を載せ、江戸市中を振り売りして歩く小売り人のことである。

そうした棒手振たちは、皆、その日の売り上げのなかから何百文かを翌朝の仕入れの金として取っておき、残りで米を買ったり、野菜や魚を買ったりと、その日暮らしに近い形で生活をまわしているのが普通であった。

今回のようにあまりに仕入れの品が高くなってしまうと、元手用に残した何百文かでは一日分には足らない量しか仕入れられなくなるため、一日の売り上げ額も激減する。それでもそこから翌朝の仕入れの金を残しておかねばと思えば、必定《ひつじょう》、その日に喰うものにも困ることになるのだ。

その上に今年の梅雨は、まるで「滝か」というほどの土砂降《どしゃぶ》りの日も多かったため、大工や左官といった外で作業をする者たちや、棒手振の物売りなどは仕事に出ることさえできなかった。

味噌屋に捕まったその棒手振も、いよいよもって生活に困り、このままでは赤子ともども飢《う》え死《じに》になるだけと、仕方なくまだ赤子の息子を捨てて、誰ぞ暮らしに余裕のある家で育ててもらおうと考えたということだった。

「だがやはり我が子を捨てるのは忍びなく、ついまた戻って拾いに来てしまったのだと、さように申していたらしい。味噌屋の夫婦は、これをすっかり信じたようでな。『もう二度と悪心を起こすな』と説教をして、味噌まで分けて持たせてやったそうなのだが……」

と、和泉守はここでつと口調を変えて、内輪話のように声を落とした。

「そうして帰してしもうたゆえ、今となっては男を探す手立てもないが、結句《けつく》、赤子の母親の話も、赤子にやる乳の話もいっこう出ずに終わったと申すのが、何とも胡散《うさん》臭《くそ》うてなあ」

「さようにございましたか……」

十左衛門はしばし沈思していたが、つと顔を上げて、こう言った。

「和泉守さま。やはり、これは何ぞか、捨て子を集めております者がおるように存じまする」

「では何ぞ、目付方《そちら》のほうにも出てきたか？」

「はい」

一膝前に出てきた依田和泉守にうなずいて、十左衛門が話し始めたのは、目付方の調べた武家地のほうでの話である。

今から十日余りは前のことになるというが、小禄の旗本や御家人の屋敷が集まっている小石川《こいしかわ》の武家町で、「赤子の泣き声が聞こえていたので、『捨て子か？』と思い、近所を探してみたが、どこにもおらず、泣き声もしなくなっていた」という証言が、何と二件も出てきたのだ。

「あのあたりは、まこと小禄の者も多うございますゆえ、都合、組合の辻番も徹底してはおりませず、辻番所の廻り場の範囲《うち》から漏れている区域《ところ》もございまして……」

小禄の武家たちは辻番所を共同運営するための費用が捻出できないため、幕府としては好ましい状態ではないのだが、必然的にそうなってしまうのである。

江戸中から捨て子を掻き集めているのかもしれない何者かは、辻番所からの定期的な巡廻がないこうした武家町の捨て子を狙って、さらっているのではないかと思われた。

「町場のほうで捨て子が無事に拾われましたのは、やはり町場は人の耳目《じもく》が多いからにてございましょう。必定『捨て子さらい』は、やはり武家町で増えるやもしれませぬな」

十左衛門がそう言うと、「うむ」と和泉守もうなずいた。

「今年はこの長雨で、町場のほうは喰うや喰わずになっている者も多いゆえ、こうして捨て子が後を絶たないのであろうが……」

つと言い淀んで顔つきを暗くすると、依田和泉守は、十年以上の長きに亘《わた》って江戸の町場を治めている町奉行らしく、こう先を続けて言った。

「御上《おかみ》の法で、捨て子は大事に守られると判っておるゆえ、『喰う物もない親の自分のもとにおるよりは……』と、世間には安易にそう思う節があるらしい。いやまこと、民を治めるというのは難しいものよ」

「さようでございますね……」

親は「御上に守ってもらえる」と考えて子を捨てていくのであろうが、捨て子をされた地域の者たちは、どこの馬の骨とも判らない捨て子を生かしてやるために、自分の子らの食のほうを削らねばならないことも多々あるのだ。

いよいよもって『捨て子さらい』の様相を見せてきた今回の案件が、はたして牧原の言うような掏摸の盗賊団の仕業《しわざ》かどうかは判らない。

だが「捨て子をもらいたい」と名乗り出て、正式に養い親として認められれば、幕府より三両の養育金をもらえるのに、それをしないというのだから、捨て子を連れ去った者には、どのみち人に言えないよろしからざる理由があるに決まっているのだ。

これ以上、子を捨てる親が増えないよう、十左衛門は和泉守と相談し、町場と武家地の両方にあまねく通達を出すことにした。

まずは先般、武家地において「とめ吉」という名の捨て子が、保護する直前にさらわれたこと。

今、ちまたで「掏摸などが、賊の一味に仕立てるために子をさらっていく」という噂も流れており、現に江戸市中で捨て子の連れ去りが増えているので、「子を捨てても、誰かに育ててもらえるから大丈夫だ」などとは思わないこと。

古《いにしえ》より法で定められている通り、子捨ては重罪であり、捨てた親には厳罰が下るということを改めて心しておくように、との三点である。

これを町場のほうは自身番、武家地のほうは辻番所から、おのおの区域の住民に通達させて、なるだけあまねく江戸中に知れ渡るよう努《つと》めたのである。

そうしてその通達の効果は、思わぬ形でいきなりあらわれたのだった。

「とめ吉の父親らしき町人が、何者かに斬られて、瀕死《ひんし》の状態である」

と、北町奉行所から目付部屋へと連絡があったのは、山伏町で捨て子の「とめ吉」がさらわれてから、一月《ひとつき》ほどが経った頃である。

五

和泉守から使わされた北町奉行所の『与力』から聞いた話で、今、十左衛門は牧原と二人、報せをくれた「芳崎《よしざき》」という町方与力を訪ねて、北町の奉行所にやってきたところであった。

町方では南北の町奉行の下に、御家人身分の『与力』が南北それぞれ二十五名ずつ、そのまた配下に『同心』が百二十名ずつおり、この与力と同心たちが先祖代々、他役には出役せずに奉行所の役人として勤め続けているため、万事、町場のことには本当に精通していた。

今ともに話をしている四十がらみの「芳崎」という与力も、いかにも熟練の風格で、この芳崎が配下の同心たちを使って、こたびの案件もさまざま捜査をしているということだった。

「とめ吉の父親と申しますのは、神田《かんだ》の横大工町《よこだいくちょう》で左官をしております『吉蔵《きちぞう》』という男でございますが、昨晩、新シ橋《あたらしばし》のたもとで倒れているのを、橋を渡って神田の側に参りました職人たちが見つけたそうにございまして……」

幸いにして吉蔵にはまだ息があり、職人たちが名や身元を訊ねたところ、「横大工町」「左官」「吉蔵」と、途切れ途切れにそれだけ言ったということで、職人たちは近場の町中に駆け込んで自身番に報せてもらい、近所の者たちと一緒に吉蔵を戸板に乗せて、町医者のもとへと運び込んだという。

「いまだ予断を許さないほどにてございまして、一体、誰に斬られたものか、当人からは何も訊けずにおりましたのですが、『左官の吉蔵』というのを頼りに、翌朝、町方《こちら》で横大工町をあたりましたところ、古手《ふるて》の裏長屋で吉蔵の子らが三人きりで飯を炊《た》いているのを見つけまして……」

「飯、でございますか？」

横手からそう言ったのは、牧原佐久三郎である。

これまでは牧原らしく、ずっと黙って十左衛門の後ろに控えるようにしていたのだが、話にいきなり「飯」が出て、その突拍子もない感じに、つい口が出たのであろう。

すると与力の芳崎も「そうなんですよ」とでもいう風に、大袈裟《おおげさ》にうなずいてきた。

「七歳の『おちか』という娘が、まだ五つの弟と三つの妹とに手伝いをさせまして、だいぶ立派に飯を炊いておりましたもので、私も驚きました」

「ほう……」

思わず十左衛門も声が出て、横にいる牧原と顔を見合わせる形となったが、その先の話の続きは、さらに目を瞠《みは》るような代物《しろもの》であった。

その『おちか』ら三人に、父親の吉蔵が何者かに斬りつけられて、今は医者のところで手当てを受けていると報せると、おちかは気丈に妹をおんぶして、弟のほうには自分で歩くように命じ、次には芳崎の前に来て、

「お父っつぁんは、きっと『とめ吉』を連れてった人に斬られたんです。お父っつぁんのところに連れてってください」

と、そう言ってきたという。

「なれば、その娘の言《げん》で、『山伏町のとめ吉』と繋がったという訳か……」

十左衛門の言葉に、「はい」と芳崎は先を続けた。

「妹と弟は私どもがおんぶしてやり、医者まで歩く道すがらに、改めて訊ねてみたのですが……」

なんと、おちかは「とめ吉は、お城のお侍さんの子になるために、一両で買われて

いったんです」と、そう言ったというのだ。

「なにっ？」

十左衛門は、思わず鋭い声になっていた。

おちかの言った「お城のお侍さん」というのは、幕臣のことであろう。

だが幕臣は、旗本の家であれ御家人の家であれ、血の繋がった者にしか家督を譲ることを許されていないから、町人の子であるとめ吉が「お城のお侍さんの子になる」というのは有り得ないことなのだ。

その通常では有り得ないことが行われているのであれば、それは違法で、おそらく跡継ぎの実子がなく、血筋の親戚にも養子に取れるような者がまったくいない幕臣の武家が、「このままでは自分が死んだら家が取り潰《つぶ》しになってしまう」と、思い余って町人の子供を金で買い、幕府には実子として「この子を跡継ぎにいたしたく……」と、届出《とどけで》を出そうとしているに違いなかった。

幕府は武家に、子の出生届の形の一つとして、『丈夫届《じょうぶとどけ》』というのを認めている。

生まれてすぐに出生届を出さずとも、

「私には今年〇〇歳になった『何某《なにがし》』という名の息子がおりまして、おかげさまにて、丈夫に育っておりまする」

といった内容で、生まれて幾年経った後でも、自分の家の跡継ぎにもできる息子として申請してしまえるのだ。

なぜ幕府がこんな妙な形の出生届を認めているかといえば、何万といる幕臣の武家たちに、生まれた子供すべてについて出生届を出されてしまったら、とてつもない数になり、処理も把握もしきれなくなるからだった。

幕府が把握しておきたいのは、所領や禄米を与えなければならない幕臣の武家たちが、今何歳で何という名前の実子や養子に家を継がせるつもりでいるのか、その事実だけなのである。

だが一方、『丈夫届』というこの制度は、届を出す側の武家たちにとっては、「ごまかしが効きやすい」有難い制度であった。

たとえば今回の「とめ吉」も、ある程度の年齢になるまで大事に育てたその後で、

「今年で無事に○○歳を越えた、息子の『何某』でござります。おかげさまにて丈夫に育っておりますので、こたびは晴れて、我が家の嫡男といたしたく……」

などと、先々、幕府に届を出す心づもりであるに違いなかった。

「妹尾さま。実は、おちかがもう一つ、とんでもないことを言い出したのでございますが……」

芳崎が続けた「おちかのもう一つ」は、本当にとんでもないものだった。

おちかは、とめ吉が買われていった「川向こうのお店《たな》」の場所を覚えているというのだ。

「『川向こうのお店』と申したのか？」

確かめるように十左衛門が訊ねると、「はい」と芳崎はうなずいた。

「おちかの申す『川向こう』というのは、神田川を渡った先の蔵前《くらまえ》や浅草《あさくさ》あたりのようなのでございますが、なにぶん七つの子供ゆえ、その時々で申すこともバラバラでございまして……」

父親がとめ吉を抱いて売りに行った先が「川向こうのお店」だと言っていたそうで、おちかは売られていくとめ吉が可哀相《かわいそう》でならず、五歳の弟と二人、父親に頼み込んで、一緒に見送りに行ったのだという。

「実は明日、その『お店』とやらに、おちかが案内《あない》してくれるというのですが、店の名は看板が読めぬゆえ判らないと申しますし、町名も、初めて行った場所ゆえ判らぬというので、実際、どうなりますことか」

「さようでござるか……」

十左衛門は沈思し始めた。

とめ吉は一両で、「お城のお侍さんの子供になるために、売られていった」はずである。

それなのに、おちかが重ねて「川向こうのお店に売られた」と言い、「そのお店の場所を知っている」と言い張るのであれば、父親の吉蔵がとめ吉を売ったのは商家で、その商家から誰ぞ幕臣の武家に売られたということになる。

「どうも、嫌《いや》な様相になってまいりましたようで……」

横手から声をかけてきたのは、牧原である。

「味噌屋が見かけた一件も、小石川での『泣き声がしたのに出てみたらいなかった』というあの二件の不審事も、やはり『とめ吉』と同様、ただの捨て子と見せかけて、本当は金で売買した赤子を受け取る、いわゆる『人買い』のごときものなのでございましょうか？」

「うむ」

うなずいて、十左衛門も顔をしかめた。

「売り手の側の親たちと、買い手の側の幕臣との間に、中継《なかつ》ぎで利を得る悪党がおるということであろうが……」

そう言いさすと、やおら十左衛門は与力の芳崎のほうに向き直って、居住まいを正し、頭を下げた。

「その明日の『お店探し』に、我らも同道させてはもらえまいか」

「え？　いや、ですが……」

芳崎が困った顔になるのも無理はなかった。

そもそも明日の店探しは、吉蔵が斬られた事件の捜査の一環なのである。吉蔵は町人ゆえ、捜査するのは町方の仕事であり、本来ならば、あとで芳崎から報告してもらうのを待つというのが筋なのだ。

だが今や、あちらこちらで起きている「捨て子がらみの不審事」に、幕臣の武家が関わっていることは明白で、ここは是非にも自分の目で、おちかの言う「川向こうのお店」というのを確かめておきたかった。

「おちかとやらの申す通り、縦《よ》し『町人の子のとめ吉が、幕臣の子となる』というのなら、何としても、そのからくりを暴かねばならぬ。和泉守さまには、拙者から直にお頼みをいたしておくゆえ、我らを同道させてくれ」

「芳崎どの、どうか……」

ご筆頭の十左衛門にならって、牧原も深く頭を下げている。

そんな二人の「御目付さま」を前にして、芳崎はひたすら困り続けるのだった。

六

俗に「柳原通り《やなぎわらどお》」と呼ばれる神田川沿いの大通りには、幕府の側で幾つか辻番所を設けている。

これらの辻番所もむろん支配は目付方で、十左衛門と牧原は、この柳原通りにある辻番所の一つで、芳崎たち町方がおちかを連れてやってくるのを待っていた。

できるだけ町方の邪魔にならぬよう、こちらは徒目付の高木一人だけを供にして、三人きりの態勢である。

目付の職は馬に乗るのを許されている、いわゆる「騎馬《きば》の格」だから、普段、移動はどこに行くのも馬なのだが、今日はおちかに歩を合わせて進むため、馬は辻番所に預けて、歩いていくことになっている。

程なく約束の昼四ツ（午前十時頃）になり、柳原通りの人混みのなかに芳崎らしき姿が見えてきたが、その芳崎の後ろに、おちかと見える少女がもっと小さな男の子の手を引いて歩いてくるのに、十左衛門らは驚いていた。

「まだ五つの弟というのを、連れて参ったのでございましょうか」

当惑気味に言ってきた高木に、「うむ……」と十左衛門もうなずいたが、芳崎たちが辻番所に到着してくると、予想の通り、七つのおちかに手を引かれていたのは、「正吉《しょうきち》」という、まだ五つの弟であった。

「儂は目付の妹尾十左衛門と申す。こちらも目付で牧原佐久三郎どの、こちらは徒目付の高木与一郎だ」

おちかと正一の前にしゃがみ込み、まずは十左衛門がそう名乗ると、おちかも正吉も面喰らって棒立ちになってしまった。

「そなたが姉御の『おちかどの』で、そちらが弟御の『正吉どの』でござるな。今日はそなたらが頼りだ。よろしゅう頼む」

「………」

だが十左衛門が近づいて何か言えば言うほど、おちかは正吉を引っ張って、後退《あとずさ》りしていってしまう。これではこの先、十左衛門が、おちかに何か訊きたいと思っても、満足に話もできないに違いなかった。

「ご筆頭、『文《ふみ》』を読まれてみてはいかがで……？」

遠慮がちに助言してきたのは、後ろに控えていた牧原である。牧原は子が二人いるそうで、それゆえ十左衛門よりは子供の気持ちが読めるのかもしれなかった。

「おう。そうであったな」

助け舟に大きくうなずいて、十左衛門は懐《ふところ》から、とめ吉につけられていた文を取り出した。

「これは、そなたらのお父上が、とめ吉どのに持たせた文だ。ちと読んでみるゆえ、聞いてくれ」

「……………」

いまだ十左衛門とは距離を取りながらも、おちかは興味を持ったようだった。

弟の手を握り、こちらをじっと見つめているおちかに、十左衛門は優しくうなずいて見せてから、読み始めた。

『明和五年正月廿七日出生　とめ吉
母をやに死にわかれ　乳なく　なんじゃうつかまつり候
どふぞや御そだてにあつかりたく　よろしく御ねがいもうしあげ候　かしく』

読み終えて、十左衛門はおちかから二人に目を上げた。

「とめ吉どのが、どうか養家で可愛がってもらえるようにと、懸命に、祈るように、一文字一文字書いておられる。まこと、優しきお父上なのだな」

「うぇっ……」

引きつけたように泣き出したのは、五歳の正吉のほうである。

おちかのほうは、それでも必死に我慢をして、顔をゆがめるだけにとどめていたが、ふいに十左衛門のほうに歩み寄ってくると、意を決したように話し始めた。

「きっとお父っつぁんは、とめ吉を返してもらいに行ったんです。昨日、長屋の人たちがうちに来て、『吉さん、大変だ。とめ坊のことが、もうお達しになってるよ』って教えてくれて、おじさんたちと急いでどっかに行っちまったんです。そしたらあとで、おばさんたちが、『とめちゃんが掏摸にされちまうかもしれない』って教えてくれて……」

「いや、そうか。さようであったか……」

どうやら和泉守とともに取り決めて、武家地にも町場にもいっせいに流した通達が、とめ吉の父親である吉蔵の耳にも入っていたようである。

十左衛門は、眼前に立つおちかと正吉の頭を撫でると、こう言った。

「とにもかくにも、とめ吉どのの無事を確かめねばならぬ。疾《と》く参ろう」

「はい！」

おちかはようやく、心を開いてくれたようである。

正吉の手を引いて勇ましく歩くおちかを先頭に、目付方の三人と、芳崎や供の者たち町方三人、新シ橋《あたらしばし》を渡って、川向こうへと繰り出すのだった。

七

おちかが「きっと、この橋だ」と言って渡ってきた新シ橋は、吉蔵が斬られて橋のたもとに倒れていた橋である。

神田川には幾つも橋が架かっていて、川向こうの蔵前や浅草の方面に行くというだけなら、別に新シ橋でなくとも、和泉橋《いずみばし》や浅草橋、柳橋《やなぎばし》と幾らでもあるのだが、おちかが「この橋」と選んだものが新シ橋であったので、大人たちはホッとして、素直に期待し始めた。

おちかは新シ橋を渡り終えると、俗に「向柳原《むかいやなぎわら》」と呼ばれる町中を突っ切って、大通りを進んでいく。

広い通りの左右には大店が建ち並び、人や馬、大八車の行き来もにぎやかであったが、三つほど角を過ぎると、周囲はいきなり大小の武家屋敷ばかりの武家地になる。

すると、おちかは、通りに横道が出てくるたびに、いちいち正吉の顔を覗き込んで、訊ねるようになった。

「ここ？」

「ううん」

正吉は「違う」というように、首を横に振っている。

「どうした？　よう道が判らぬか？」

心配でたまらなくなったらしい芳崎が我慢できずに声をかけたが、おちかの答えは、ちと意外なものであった。

「平気です。うちではいつも正吉が、こうやって道を覚えておくんです。正吉は、私より、お父っつぁんより、間違えないから……」

「ほう。これは頼もしい」

横手から十左衛門がそう言って、正吉の顔を覗き込むと、まだ五つながらも正吉は男らしく誇らしげな顔つきになり、かえって姉の手を引っ張って歩き始めた。

次の横道は程なく現れて、ここも順調に正吉の判断で、「違う」と通り過ぎていく。だが通りの先には、まだ延々と武家屋敷ばかりが続いていて、子供の足では結構な距離を歩いたあとに、ようやく三つ目の横道が現れた。

「ここ？」

おちかにまた訊かれ、

「違う……」

と、正吉は首を横に振って答えたが、今度はその場でしゃがみ込んでしまった。

「どうしたの、正吉。やっぱり、ここが曲がるところ？」

「………」

正吉はしゃがみ込んだまま、ぶんぶんと横に首を振っている。

すると姉のおちかが、何だか大人を真似したような、大袈裟なため息をついた。

「あんた、もう、疲れちまったんでしょ？」

「違う！」

正吉は猛然と顔を上げて否定したが、さりとてしゃがんだままで、立ち上がる訳ではない。

その正吉を横手からふっと抱き上げると、十左衛門はわざと真面目な顔を作って、男どうし、声をかけた。

「こうして高場《たかば》から先を眺めたほうが、曲がる角が、よう見えるでござろう。どうだな？」

「………」

正吉は一瞬、驚いたように、何も答えず目を丸くしていたが、すぐにコクリとうなずいてきた。

「よし。なれば、おちかどの、疾く参ろうぞ」

「はい！」

おちかも元気に返事して、一行は再び歩き出した。

この先は、どうやら大身《たいしん》大名の屋敷のようで、町人町など三つも四つも飲み込んでしまうぐらいの距離に、立派な白壁の塀と、屋敷を囲んで流れる掘割《ほりわり》が続いている。

その巨大な武家屋敷の横をようやく歩き抜いて、大人たちが、今度はおちかの脚のほうを心配し始めたその矢先、十左衛門の肩のところで、気力十分な正吉が声を上げた。

「ここ！」

「あっ、そうだ！　そういえば、お父っつぁんの時も、橋を渡ったもの」

二人が指しているのは、掘割に架かる橋を渡って、垂直に曲がる横道のことである。

「おう。ここか」

「うん」

十左衛門の言葉に、正吉も自分で答えるようになっている。

その小ぶりな橋を渡って、今度もずいぶんな距離を、大名屋敷の横手に沿って進んで行くと、また小身武家たちの屋敷が寄り集まるような武家地になり、その先にようやく町人たちの住む町場が見えてきた。

「ご筆頭。たしか、このあたりは『元鳥越町《もととりごえちょう》』にてござりまする」

小声で教えてきてくれたのは、徒目付の高木与一郎である。

「鳥越か……。やはり、さすがに大きいな」

「はい……」

この町は、『日本武尊《やまとたけるのみこと》』をご祭神とする『鳥越明神《みょうじん》』の門前町で、歴史と広さと繁栄を誇っている町である。

町の北側と西側には、今通ってきたような広大な武家地が隣接し、東側には大小の寺社が建ち並ぶ寺社地もあって、大名家や旗本家に、神社や寺院などと、商いの客筋には恵まれている。

大名家御用達《ごようたし》の木札を、宣伝よろしく掲げている大店《おおだな》も多くあり、十左衛門は、今は口に出せないが、こうした大商人が生活《くらし》に困った町人から赤子を安く買いつけて、跡取りに困っている武家に高く売りつけているのではないかと、考えながら歩いていた。

すると幾つか目の角で正吉が、いきなり「ここ」と横道を指してきて、応じてその角を曲がったら、とたんに大店はなくなってしまい、小ぶりな商い店ばかりになってしまった。

だが正吉は、いまだ十左衛門に抱っこをされて張り切っており、自信満々な顔をして、道の先に何かを探して首を伸ばしている。

「あっ、あった！」

はるか前を指差して正吉が声を上げてきて、「えっ、どれだ？」と、一行はとたんに色めき立った。

「あっ、そう！　あれです！　正吉の言う通り、向こうの左っ側《かわ》に見える足袋《たび》屋さん」

おちかまでもが言い出して、その意外さに、十左衛門は思わずつぶやいていた。

「足袋屋か……」

看板に『丸屋《まるや》』と書かれたその店は、いかにも自家に職人を抱えて、手堅く小さく商売をしているという風な、いたって小体《こてい》な店構えである。

だが、おちかと正吉とが揃って「あそこ」と言うからには、あの一見、地味な足袋屋が「子売り・子買い」の巣窟《そうくつ》に違いなかった。

「この顔ぶれでは目立ちましょう」

十左衛門に耳打ちしてきたのは、高木与一郎である。

高木は五十名からいる徒目付のなかでも、調査の腕もよい利《き》け者で、こうした際の対応には明るかった。

「店さえ判れば、調査《しらべ》は後にいたしますゆえ、まずは、あの丸屋に気づかれぬうちに、ここを離れたほうがよろしいかと……」

「よし。相判った」

高木の助言に従って、急ぎ踵《きびす》を返しかけた十左衛門や牧原に、今度は与力の芳崎が町方捜査の練達らしく言ってきた。

「もしやして、すでに店のなかから、こちらが見えているやもしれませぬ。このまま何ということもなく、そ知らぬ顔で店の前を行き過ぎてしまったほうが賢明かもしれません」

「おう。まことに、さようにござるな」

言うが早いか、十左衛門は正吉を抱いたままズンズンと前に進み、芳崎もおちかの手を取って、皆で丸屋の前を悠然と通り過ぎていく。

広い元鳥越町をようやく突っ切って路地を抜けると、どうやら別の大通りに突き当たったようで、とりあえずそこから西へ南へと帰る方角に進んでいたら、掘割の向こうに、また武家地が見えてきた。

こうして武家地に入ってしまえば、まずは一安心である。

本当はすぐ先に見えてきた辻番所に寄って、歩き通しのおちかを休ませてやりたいところだが、いかんせん、まだ丸屋は遠くはない。辻番所で下手《へた》な話をして、それがまわりまわって丸屋の耳にでも入ったら、悪事を隠されてしまうかもしれなかった。

立ち寄りもせず辻番所の前を行き過ぎると、十左衛門はおちかを振り返って、小声で言った。

「本当は辻番所《あれ》で休みたいところだが、ここいらは、まだ足袋屋に近いゆえな。もう足も痛かろうが、いま少し、堪《こら》えてくれるか？」

「平気です」

おちかはそう答えて、手を繋いでいる芳崎に「背に乗るか？」と勧められても、毅《き》然《ぜん》として首を横に振っている。

そのおちかの頑張りの甲斐《かい》があり、西へ南へと道なりにどんどん進んだその先に、とうとう神田川が見えてきた。

「おう！　川が見えたぞ。あそこに辻番所もあるゆえ、一休みいたしてまいろう」

川沿いの大通りにある辻番所で、もうとうに元鳥越町からは離れているため、何ぞ話をしていても丸屋に聞かれる心配はなかろうと思われる。

それでも慎重な高木が、この辻番所の番人たちに頼んで、「目付方の我らが『番』はしておくゆえ、しばしの間、この番所を貸してくれ」と人払いをかけて、辻番所のなかは十左衛門ら一行のみになった。

高木の下役の一人が気を利かせ、番所に用意されている茶道具で、皆に茶を淹《い》れて配りまわる。

見れば、おちかはごくごくと飲みきって、すでにお代わりを注いでもらっていた。

正吉も姉と並んで腰掛に座り、おとなしく茶を飲んでいる。

「二人とも、まことによう、やり遂げてくれたな」

十左衛門が褒めると、正吉はすぐに素直に嬉しそうな顔になったが、おちかはどうやら照れくさいのか、また急に大人ぶって、こんな話を披露し始めた。

「さっきの足袋屋さんですけど、あの時はせっかくとめ吉を連れていったのに、買い賃の一両小判をお父っつぁんに渡してきただけで、『赤ん坊は預かれないから、今は連れて帰れ』って、そう言ったんです」

「連れて帰れ？」

十左衛門は目を丸くした。

「では、なにか、とめ吉どのを山伏町に置いてきたのは、父上か？」

「はい」

と、おちかの返事は、実に、はっきりとしたものだった。

「また一緒に行きたいって頼んだら、『今度はついてきちゃだめだ』って言うし、とめ吉を『どこ』に連れてくのか訊いても、お父っつぁん、教えてくれませんでしたけど、夜になって帰ってきたら、とめ吉はもういなかったから……」

おちかは自分でそう言っておいて、やはり哀しくなったのだろう。隣に座ったもう一人の弟の手を引っ張って、ぎゅっと握りしめた。

「痛いよ」

「いいの！」

「…………」

幼いながらに、姉の気持ちを読んだのかもしれない。正吉もしょんぼりと黙り込んでしまっている。

そんな子ら二人に、だが十左衛門は、正直どう声をかけてやればいいものか判らなかった。

むろん何としてでも「子売り・子買い」のからくりを暴いて、人間《ひと》の売り買いで儲けようとする悪党を捕らえ、とめ吉が今どこにいるのか白状させなければならない。

だがそうして白状させて、不法に子を得た武家を罰し、とめ吉を取り戻したとしても、果たしてそれがとめ吉や吉蔵、ひいては、おちかや正吉ら三人の子供たちの幸せになるのかと訊かれれば、やはり「否」と答えるしかないだろうと思われた。

あの文で読み取れるように、吉蔵が赤子のとめ吉をたった一両で売ったのは、育てられないからである。女房に死なれて、とめ吉にやる乳もなく、さりとて金に飽《あ》かして貰い乳を続けることなどできないから売った訳で、もし売ることができずにいたら、ただただ普通に「捨て子」として捨てていたかもしれないのだ。

おそらくは末子のとめ吉を他所《よそ》にやっても、残る父子四人、喰うていくのは簡単ではないだろう。ここで無理やりとめ吉を家族に戻せば、今度はおちかが吉原のような苦界《くがい》に売られるかもしれないのだ。

北町奉行の和泉守の言うように、今年の異常な長雨は、日頃からその日暮らしで、どうにかこうにか喰い繋いでいた者たちに、止《とど》めを刺したに違いなかった。

「…………」

ふと気がつけば、隣に並んで座っている正吉が、十左衛門《こちら》の腰にぶら下がった鼠《ねずみ》の形の根付《ねつけ》をいじっている。

薬の入った印籠《いんろう》の紐《ひも》を帯にはさんで、その先に根付をつけ、落ちないようにしてあるだけのものなのだが、先日、妹尾家に出入りの小間物屋が、「ちと風流な品が店に入りましたので、お目汚しに……」と、他の品々と一緒に披露してきた根付であった。象牙《ぞうげ》を精密に掘り出した逸品で、鼠の毛並みや尻尾の独特な風合いなど、実に見事なものである。

これだけ鼠に似ていれば、愛猫の八が大喜びするかと思い、かなり贅沢で悩みながらも、思いきって買ったのだが、いざ八に与えてみると、匂いを嗅いでみただけで「ふん」とばかりに庭に遊びに出てしまい、その一部始終を路之介に見られて、くすくすと笑われてしまった曰《いわ》く付きの代物《しろもの》だった。

けだし、その根付は人間《ひと》が見るぶんには、なかなかの鼠っぷりなのだ。

もう十左衛門《こちら》にすっかり懐いているらしい正吉も、さっきから飽きずにずっといじっている。

その鼠を、十左衛門は印籠の紐から外して、正吉に手渡してやった。

「え……？」

と、目を丸くしている正吉にうなずいて、十左衛門はこう言った。

「うちの猫が喜ぶかと、先日買ってみたのだが、いっこうに喜ばん。もし、そなたが気に入ったようなら、持ち帰って遊ぶがよい。今日の褒美だ」

「えっ、ご筆頭……」

他人事《ひとごと》ながら、声をかけずにはいられなかったのだろう。牧原が横手からそう言いかけて、高木や芳崎たちも、一目見るだに値の張りそうなその鼠を凝視している。

だが見れば正吉は、両手の平《ひら》で大事な鼠を握ってみたり、また開いて眺めたりと、もうすっかり自分のものであった。

「こら、正吉！　ちゃんとお礼を言いなさい！」

おちかにさっそく叱られて、正吉はあわてて何度も頭を下げてくる。

「よいよい。まことに今日は二人して、大手柄であったゆえな」

そう言って、子ら二人に微笑《ほほえ》みながら、だが十左衛門の胸中は、ざわざわと穏やかではなかった。

この根付が、いよいよ父子四人の生活《くらし》が立たなくなってきた時に、果たしてどれほど役に立てるものなのだろうか。

四人の飯の代としてなら、そこそこ役にも立つであろうが、万が一にも、おちかが売られるという話になれば、こんな代物など屁《へ》の役にも立ちはしない。

どうにも明るくはなれない気持ちで、十左衛門は嬉しそうな正吉を見つめるのだった。

八

元鳥越町の『丸屋』の調査《しらべ》が始まったのは、その日のうちのことである。

あのあと十左衛門ら一行は、吉蔵の容態《ようだい》を見がてら、まずは子供二人を、下の妹が留守番をしている町医者のところに送り届けた。

実は医者のところには、町方の役人のなかでも剣の手練《てだれ》の者が二人、用心棒として張りついている。誰に襲われたのか判らない吉蔵が再び襲われないようにするためで、吉蔵の子ら三人も万が一にも狙われることがないようにと、医者の好意で、父親が寝ている部屋で一緒に寝泊まりしているのだ。

医者の話では、幸いにも吉蔵は、峠は越したそうである。

そうは言っても、いまだ意識は朦朧《もうろう》としたままで、吉蔵の口から事情を聞けるのは、まだ先のようだった。

十左衛門ら目付方三人は、この「武家地と町場とを切り離せない案件」の、これから先の捜査方法を町方と相談するため、町医者のところを出たその足で、与力の芳崎とともに北町奉行の依田和泉守のもとを訪ねた。

普通であれば、今回のような支配が重なる案件は、無理にどちらか一方が出しゃばって調べ始めたり、支配で揉めて捜査が上手《うま》くいかなそうな場合には、「評定所《ひょうじょうしょ》扱い」となり、評定所《そちら》の役人が中立な立場で調べたりすることになる。

だが十左衛門は、たとえば今回のように、事件の支配が他の役方と重なってしまった時も、できるだけ互いに常と変わらぬ形で捜査を進めていこうとするのが、一番よいと考えていた。

「幕臣のことなら目付方が、町場のことは町方が」というように、やはり支配内《うち》に一番に詳しいのは、それぞれの役方なのである。

だったら互いにその専門の知識を生かして協力し、相手の役方ともその時々で判る限りの情報を共有して捜査を進めれば、それが一等、最短で最良であるに決まっているのだ。

むろんそうした理想はあっても、事案によって、相手方の担当者によっては、必ずしも他役と協力し合える訳ではない。

だが今回は幸いにして相手方は町方で、それも今の月番の町奉行は、人としても仕事の上でも尊敬できる依田和泉守なのである。

その和泉守や与力の芳崎らと相談の上、捜査を分けて、吉蔵のような「子を売る」町人の側からと、「子を買う」幕臣武家の側からの、双方向から詰めていくことになった。

和泉守が「町場の調査のほうに、できれば人手を費やしたい」と考えているのは、今年の長雨による生活苦の実態がつかめなければ、この先も、子を売ったり、捨て子をしたりする者が後を絶たないであろうと、見越しているからである。

その和泉守の思いには十左衛門も賛成で、おちかや正吉ら家族の先を考えれば判るように、町場の者の困窮を救う手立てを構築していくことが、丸屋のような悪党を世に出さなくする一番の早道なのだ。

よって丸屋の調査のほうは、目付方に一任されることとなった。

もとより「買い手」側である幕臣武家の洗い出しをするためには、丸屋がどの武家たちと連絡を取り合っているのか、丸屋の行動を見張って追跡していかなければならない。

つまり十左衛門ら目付方《こちら》は、丸屋の捜査を抜きにしては一歩も進めないということで、そのあたりの目付方の心情を、和泉守はおそらく読み取ってくれたのだろうと思われた。

この案件にとって『丸屋』の調査は、いわゆる花形仕事である。

その花形仕事をすべて目付方に任せてくれるというのだから、こちらをよく知る与力の芳崎は別としても、他の町方の役人たちにとっては面白くないのは当たり前である。そこをおそらく和泉守は、奉行の自分が説得して抑えてくれるつもりでいるのであろうから、実にもって、幾ら感謝してもしきれないほどなのだ。

その和泉守の温情に応えるためにも、どうあっても、丸屋の「子売り・子買い」のからくりを暴かねばならない。

十左衛門は牧原や高木と三人、北町奉行所から城へと戻ってくると、さっそく目付方の下部屋で捜査会議を始めた。

「丸屋の人の出入りを探る、見張り場の件でございますが……」

言い出したのは、徒目付の高木である。

「若干遠くはございますのですが、あれならどうにか丸屋の前を見渡せるかというあたりに、広い通りがございました。あの通りでございましたら、往来も途切れませず、紛《まぎ》れて長く見張りもできるかと存じますので」

「うむ」

と、十左衛門もうなずいた。

「なれば与一郎、人手の数も顔ぶれも任せるゆえ、よしなに頼むぞ」

「はっ。なれば、さっそく……」

高木が急ぎ下部屋を出ていくと、これまで何ぞか考えているようであった牧原が、ようやく口を開いてきた。

「丸屋の動きを待つだけでは、調査《しらべ》に時がかかりましょう。買い手の武家の洗い出しには、やはり名簿も使いましてはいかがで」

大名以下の幕臣、つまり旗本と御家人に関しては、総監督・総指揮が若年寄方になっていて、そうした武家たちの家督相続や婚姻などについても若年寄方で許可・不許可を決するため、

『現当主は誰で、何歳か？』

『妻女はどこの武家の娘で、いつ嫁入りをしてきたか？』

『嫡子としたい子がいるなら何歳で、名は何といい、御目見えは済ませてあるか？』

など、幕府側に必要なことは書類に残されているのである。

「まずは丸屋が客としそうな、鳥越町の周囲の武家から帳簿繰《ちょうぼく》りを始めまして、いまだ嫡子がおらぬ家などを、調べの候補に拾っていくのもよろしいかと」

やはり牧原は右筆方《ゆうひつがた》が長いから、何か物事を考え始める際に、まずは書面の類いが

頭に浮かぶのであろう。

だがそうして一つずつ、こつこつと地道に仕事を進めていける体力や精神力や能力は、必ずや目付の職を続ける上で役に立つだろうと思われた。

「うむ。それが存外、早道になるやもしれぬ」

十左衛門は牧原に明るい顔を向けると、続けて言った。

「なれば牧原どの、善は急げだ。幾人か、手の空いている配下《もの》を集めて、これよりすぐにも始めようぞ」

「はい」

めずらしく勇んだ返事をしてきた牧原に、十左衛門は筆頭として、嬉しさを感じるのだった。

九

そんな牧原や十左衛門、徒目付の高木からの必死な調べに、突然、横手から助け舟が出されてきたのは、十日あまり後のことだった。

元鳥越町の近くに屋敷を拝領している『伊田奏右衛門《いだそうえもん》』という無役の小普請《こぶしん》旗本か

ら、

『卒爾《そつじ》ながら、元鳥越町の足袋商人・丸屋につきまして、是非にも御目付方御筆頭の妹尾様に、お伝えいたしたき儀がございまして……』

　と、書状が届いたのである。

　驚いて、急ぎ伊田家へ返答の使者を遣わし、「なれば、ご城内本丸御殿にて、会談させていただきたい。何時《いつ》にてもよいゆえ、ご貴殿のご都合よき頃合いをお伝えいただければ……」と伝えてもらうと、「では明日にも」という話になった。

　果たしてその翌日の昼下がり、伊田奏右衛門は本丸御殿に現れて、玄関脇にある徒目付の番所に顔を出し、「妹尾さまに……」と、取り次ぎを願ってきたのである。

　そうして今、十左衛門は牧原も連れて、目付方の下部屋で、伊田奏右衛門と相対して座っていた。

「謹んで申し上げます。実は先般《せんぱん》、元鳥越の丸屋より、まことにもって剣呑《けんのん》と申すべき『引き札』を配られまして……」

「引き札、とな？」

　話の意外な展開に、十左衛門は目を丸くした。

　引き札というのは、商人が商品の広告や、開店の披露などをするために客筋に配る、

してきた。

するとと伊田奏右衛門は、「どうぞ、こちらを……」と、引き札らしき紙片を差し出してきた。

いわゆる「ちらし」のようなものである。

「いや！　これは何という……」

二人でともに目を通した十左衛門と牧原は、思わず顔を見合わせていた。

引き札は、伊田奏右衛門の言う通り、剣呑極まりない代物である。

『世間や親と縁《えにし》の切れた赤子らがございます。

ご寵愛の稚児《ちご》小姓《こしょう》といたすもよし。

御家の跡取りといたすもよし。

何ぞご用命のほどがございましたら、どうぞ御家《おいえ》の御名《おな》は結構でございますゆえ、ご家来衆にお金子《あし》をお持たせになり、私どもの店のほうへおいでいただけますよう。

男児は百両、女児は五十両にてございます。

どうぞお足袋御用《ごよう》とともども、お引き立てを賜りたく……』

紙面は、いかにも引き札らしく、読みやすく軽い調子に仕立てられており、本業の足袋御用までしっかりと加えてあるのが、いよいよもって憎らしい。

あまりのことに、十左衛門ら目付二人がしばし言葉を失っていると、前に座している伊田奏右衛門は、正座の膝の上で両手のこぶしをグッと握ったようだった。

「まこと、口惜《くや》しゅうござりまする……。丸屋のごとき下劣な鬼畜《きちく》に、我が伊田家が足元を見られて、辱《はずかし》めを受けたかと思うと、妻と二人、とにかく口惜しゅうて、口惜しゅうて……」

改めて眼前の伊田を眺めてみれば、歳のほどは四十半ばというあたり。髪はすでに半白《はんぱく》で、顔にも首にも相応の皺《しわ》が刻まれている。

まるで自分を見ているようで、十左衛門は少しく目を外しながら、伊田奏右衛門に訊ねて言った。

「丸屋は足袋商いゆえ、足袋作りの採寸や試着を口実に、屋敷内《うち》へも上がるのでござろう？　足袋はおのおの足の形に合わせるゆえ、その家に子が無いのも、妻女がないのも、丸屋には見通せるゆえ、こうした悪事を思いついたのでござろうが……」

「はい。他よりも少々腕がよいからと、親の代より贔屓《ひいき》にいたしておりましたことが、何より腹立たしきことにてございまして……」

だが伊田は、こうしてすべて目付に話して、多少は気が治まってきたのかもしれない。膝で握っていたこぶしは、解けているようだった。

「丸屋の主人は名を『太兵衛《たへえ》』と申しまして、歳は五十を過ぎたあたりでございます。

職人は子飼いを数人置いておりますだけのようで、腕のよいのを鼻にかけ、以前より鼻持ちならないところもございましたが、妻などは『えてして腕自慢の職人というのは、ああだから』などと、笑っていたのでございます」

思い出す。

「いや、さようでござったか……」

横柄《おうへい》な職人を許して、妻が笑っていたなどと聞けば、今は亡き我が妻・与野の顔を

十左衛門は、おそらく夫婦して人物が良いのであろう伊田のことが、武家の男どうしとしても、幕臣を監督する目付としても、心配になってきた。

伊田の家が丸屋に目を付けられたということは、奏右衛門夫婦には実子がないだけではなく、たぶん養子に取ることのできる血縁の男子もないに違いない。

「して、ご貴殿はどうなされる？」

伊田奏右衛門を本気で案じて、十左衛門は先を続けた。

「いや実は拙者などは、もう妻にも先立たれ、端《はな》から子もござらんゆえ、結句、養子を取ることと相成ったが……」

武家にはよくある話ゆえ、十左衛門は隠す必要もないと常々思っているのだが、横で聞いている牧原は驚いていているらしい。

だが同年配の実子を持たない旗本どうし、伊田奏右衛門は、ここに来たばかりの時から比べると、どんどん顔つきが穏やかになっていくようだった。

「こたびのことで、かえって心が決まりましてござりまする」

伊田は笑顔を見せると、まるで宣言でもするように言ってきた。

「たったの五つ、歳下の従弟《いとこ》を養子の形で取りまして、先々はその従弟の娘に、婿を取るつもりにてござりまする」

「ほう。これはまた、思い切るには難儀でございましたろう？」

「はい……」

と、伊田はうなずいた。

「従弟の家は一人息子が継ぐことに相成りまして、従弟夫婦がまだ四つの娘を連れて、伊田に養子に参ります。私どもは隠居の身でございますゆえ、屋敷は従弟に引き渡しをいたしまする。従弟夫婦は、『庭に離れを建てたらどうだ』と勧めてはくれますが、どこぞに借りられる家などあれば、そちらのほうに移ろうかと……」

「さようか……。いや、それは存外、ご賢明やもしれぬな」

「はい……」

伊田は素直に寂しげな顔をして、その後、少し続きのような話をしてから、下部屋を去っていった。

あとに残されたのは十左衛門と牧原で、伊田が「証拠の品に……」と置いていった丸屋のくだんの引き札が、二人の前にしらじらと置かれていた。

「ご筆頭」

先に声をかけてきたのは、牧原のほうである。

「どうも、私だんだんと、目付が愉《たの》しゅうなってまいりました」

「え……？」

とてもいきなり、それも普段の牧原らしくもない軽口で切り出されて、十左衛門は面喰らった。

「いや、牧原どの。どうしたな？」

ご筆頭の、正直すぎるほどの言いように、牧原は笑い出した。

「目付の職が、幕臣のすべてを監察するというその意味が、今は何やら判ったような気がいたしております。『幕臣の監察』と申しましても、別に素行の悪い幕臣を捕まえて、相応の沙汰を下すばかりが監察ではないのでございますね。ただ今、ご筆頭と伊田どののお話をうかがっていて、つくづくと、これまでの自分の考え違いを思い知りましてござりまする」

若年寄方の手足となって幕臣の支配を担っているということは、つまり幕臣の武家全体がそれぞれ幕府にご奉公しつつも、幕臣の家自体、安穏に正常に続いていけば、それが理想なのである。

「いや実際、目付《こちら》とて、同じ幕臣武家に違いはないゆえな。こちらが精一杯に目付を務めて、皆に信用を置いてもらえれば、今日のようにあちらから、助けを貸してくれることもある。何にせよ、こちらは常に真摯におらねばなるまいて」

「さようでございますね……」

伊田奏右衛門が自家の内情まで晒して、持ち込んできてくれた大切な情報である。

この引き札を最大限に生かすにはどうすればよいものか、十左衛門は牧原と二人、知恵を絞り始めるのだった。

十

「先般、元鳥越町において、『丸屋』と名乗る足袋商人がけしからぬ引き札を相配り、世情を乱そうといたして、極刑に処せられた。

その引き札の内容については別紙にて知らせるが、かような引き札を目にいたした折には、目付方に届けるなり、ただちに燃やすなりいたして、他所《よそ》に無用に広まらぬよう相努《つと》めよ。

また重ねて言うが、血縁なき養子縁組は大罪である。不正に縁組を企んだ者には残らず切腹の沙汰が下るうえ、当然のごとく御家は断絶に相成るゆえ、さよう心得よ」

若年寄方からのこの達しが、幕臣武家全体にあまねく流されたのは、十左衛門ら二人が伊田と面談してから程なくのことであった。

幕臣武家としての伊田の誠意をどう生かせばよいものか、十左衛門が牧原と二人、考えに考えて答えを選び、目付部屋にて他の八名の目付たちからも賛同を得たうえで、若年寄方に上申をしたのである。

すると、こと幕臣の家督相続に関わるものだけに御用部屋《ごようべや》の反応も早くて、上申を出してからわずか二日の後には、上記のような達しが発布されていた。

むろんこうした経緯をたどるより前に、北町奉行の依田和泉守には、あらかじめ報告も相談もし、「伊田どののご好意にこたえるためには、その形がよろしかろうて」と、同意をもらっていた。

丸屋の悪事と打ち首の処罰については、和泉守より、町場にも伝わるよう流布される予定であるから、「子を売って、お武家の跡取りにしていただこう」と考える親は、激減することであろう。

ただし、武家の側に家督相続についての深刻な悩みが尽きぬのと同様、町場の者が必ず捨て子をせずとも済むほどに、町人全体が裕福になれる訳ではない。

その事実が、やはり十左衛門の気持ちに暗く蓋《おお》いをし続けていたのだが、一つだけ、かの与力の芳崎から嬉しい報告《しらせ》をもらうことができた。

おちかや正吉の父親である吉蔵が、何とか無事に快癒《かいゆ》して、左官の仕事にも行けるようになったというのである。

十左衛門は芳崎に頼み込み、あの日、最初に待ち合わせをした柳原通りの辻番所で、おちかや正吉と会う機会をもらえることと相成った。

考えてみれば、おおよそ二月《ふたつき》ぶりの再会である。

まさかこちらを覚えていないということはなかろうが、たった一度きり一緒に丸屋探しをしただけの久しぶりの再会に、果たして二人がどんな顔をするものかと、子供のいない十左衛門は、少なからず案じていたのである。

だが二人は、十左衛門の姿を辻番所のなかに見つけるなり、急いで駆け寄ってきて、正吉などは身体が触れそうなほどの真ん前に立って、こちらを見上げている。

どうもおそらく「撫でるなり、抱き上げるなり、早くしろ」と、いわんばかりの笑顔であった。

「おう。どうだな、正吉どの。相変わらず、道案内のお役に励んでおるか?」

言いながら手を伸ばして、正吉の頭を撫でてやると、正吉は嬉しそうにうなずいて、くだんの鼠の根付を見せてきた。

「遊んでおるか?」

「うん!」

と、今度は言葉で返事をして、正吉は大事そうに鼠を懐にしまってしまった。

「正吉はケチなんです。私にも、お父っつぁんにも、おたえにも、少しも触らせてくれないんだから……」

おちかがそう言って、口を尖らせている。今言った「おたえ」というのが、あの日は医者のところで留守番をしていた三つの妹なのであろう。

だが十左衛門は、二月《ふたつき》経っても鼠が売られていないことに、正直ホッとしていた。

「いやな。今日、二人に来てもらったのは他でもない。儂はそなたら二人に、謝らねばならぬことがあるのだ」

「…………?」

突然、十左衛門にそう言われ、おちかも正吉も目を見開いている。

その二人の前にしゃがんで視線の高さを合わせると、十左衛門はこう言った。

「とめ吉どののことだが、捕らえた丸屋自身も、子らがどの武家へ拾われていったのか、知りようがないようなのだ。お父上が山伏町に置いてきたとめ吉どのは、丸屋に百両を払った武家に、たしかに拾われたそうなのだが、それがどこかは判らぬようにしていたそうでな……」

あの引き札に書かれていた通り、赤子を買いに来た武家たちは、男児が欲しければ百両、女児が欲しければ五十両を、自分の家の用人や若党に持たせて丸屋に行かせ、金を払ったその証《あかし》に、丸屋から書付《かきつけ》を受け取っていた。

書付には、赤子が置かれるその場所と、日付や時刻が書かれている。

吉蔵のように子を売った親たちは、丸屋から指定された日時と時刻とその場所に、まるで捨て子をするかのように、自分の手で置いてくる。

子が置かれると、買い手のほうは待ち受けていて、たいていは自家の家来に拾わせてくるのである。

置かれた赤子が運悪く、近所の者や通行人などに拾われてしまった場合には、すでに金を払った買い手の武家が、丸屋に再度、足を運ぶことになっていた。

赤子が普通の捨て子として拾われてしまうと、その近辺は、捨て子を保護しなければならなくて大騒ぎになっているから、丸屋としては、はっきりと判る。

再度、店を訪ねてきた武家の家臣に、改めて丸屋が、別の子供が置かれる情報の書付を渡して、武家はその子を手に入れればよいのである。

一方で、子を売る側の親のほうは、別に一律、一両しかもらえない訳ではなかったらしい。

吉蔵のように、「ただ普通に捨てるよりは、お武家の子供になれるなら……」と、欲のない親を相手にする時には、丸屋は一両しか払わない。

だが、なかには、「大事な子供を売るんだから、もっと金を寄こせ」と怒り出す親たちもいて、そうした者には三両を支払っていたらしい。

ただし丸屋がどこまでも狡猾《こうかつ》なのは、吉蔵のように「金なんぞ要《い》らない」と断ってくる親にも、「三両なんてふざけるな！　もっと寄こせ」とごねてくる親にも、一様《いちよう》に同じ脅し文句を吐いていたことである。

「御上には、いまだに『生類憐みの令』ってものが残っているんだ。ただの捨て子をしただけでも大した罪になるというのに、お前さんみたいに子供を売ろうなんて輩《やから》は、首をはねられるだけじゃァ済まないよ。……いいかい。いわば、親のお前さんだって、あたしら仲買いと同様で、『子売り・子買い』の一味なんだ。おとなしくその金をしまって、早くお帰り」

与力の芳崎の調べによれば、快癒した吉蔵はすべて話して、悔し涙を流していたそうである。

いざとめ吉を一両で売ったものの、掏摸の賊の噂を聞いて、心配になった吉蔵は、長屋の男たちと別れるとすぐに丸屋に駆けつけて、

「本当にとめ吉は、お武家の子になったのか？　なれたなら、どこの何という武家なのかを教えろ」

と、しつこく迫ったらしい。

すると丸屋の店の奥から、大小を差した浪人姿の男が現れたので、吉蔵はあわてて外に逃げ出したということで、それでもとうとう新シ橋のあたりで、息が切れて立ち止まってしまい、ずっと追いかけてきた男に斬られたということであった。

そんな醜い大人たちの一部始終を、正吉はともかく、おちかは少し聞き知っているらしいと、芳崎は言っていた。

そう見れば、以前に会ったあの時より、おちかは口数が少ないようである。

また鼠を懐から取り出して一人で愉しんでいる正吉を眺める目も、何だか少し斜《しゃ》に

構えたようになっていた。

「どうだな、おちかどの。そういえば、おちかどのには何の褒美もなかったゆえ、ちとそこで、『冷や水』を買《こ》うて進ぜよう」

「えっ、いいんですか！」

とたんに子供らしく、おちかが、こちらに寄ってくる。

夏に限定の『水売り』は、そこらの生ぬるい水道水が溜められただけの井戸ではなく、地下までちゃんと掘り抜きした井戸から汲み出した冷水を、売り歩く商売である。

そうはいっても夏場のことで少しはぬるまってしまうから、白砂糖を溶かして甘くして、そこに白玉を幾つか入れて、甘味のように売るのが定石だった。

普通は一杯、四文である。

だが特別に頼めば、砂糖や白玉を増やしてくれて、倍の八文だの、十二文だのまで贅沢な品をこしらえてくれる。

その水売りの親爺《おやじ》いわく、最高峰の十二文の『冷や水』を、十左衛門は、あの日の褒美に、おちかと正吉に買ってきた。

「わあ、甘い！　美味《おい》しい！」

「うん！」

辻番所のなかで、二人はもう夢中である。

十二文の最高品が、どれほどちゃんと甘いのか心許《こころもと》なかったが、そんな十左衛門の顔つきを読んだか、やはり大人びてしまったおちかが、こちらを見て、言ってきた。

「百両も出してくれたお武家さまなら、きっととめ坊は、大事にされるに決まってるもの。ほんとによかった」

「ああ……。いつかこの柳原通りで、馬に乗ったとめ吉どのに会えるやもしれぬな」

「はい」

おちかは元気に返事をして、また冷や水の白玉のほうへと戻っていった。

来年はもう長雨なんぞは続かずに、父親の吉蔵が毎日、左官に出られる年になるようにと、十左衛門は願わずにはいられなかった。

第二話　御殿の二階

一

江戸城の本丸御殿には、二階がある。

とはいえ、総坪数にして約一万一千坪もある本丸御殿の全体に、二階がある訳ではない。

まずは上様がご使用になられる部分《ところ》には、二階は作られていなかった。

実際に上様が使われるのは、たとえ一年のうち数回きりであったとしても、そうした座敷や廊下の上に二階など作ってしまったら、畏《おそ》れ多くも上様の頭上を歩いてしまうことになるからである。

御殿のなかでも二階建てになっているのは、たとえば『目付部屋』のように、一階だけの坪数では広さが足りない場合に、その階上を補助の部屋として使用するというのが、ほとんどであった。

つまり二階は、城勤めの幕臣たちが日常的に仕事で使う空間で、ことに「下役《したやく》」として働く御家人身分の者たちが、多く二階を使っていた。

目付部屋でも日中、二階の座敷には、徒目付たちが幾人かは必ず詰めているため、階下《した》から十左衛門ら目付たちが呼べば駆け下りてきて、文書の起草《きそう》や先例の調べをしたり、諸所に伝令に走ったりと、即座に連携できるようになっている。

だが目付部屋には、そうした直属の配下である徒目付のほかにも、坊主方から目付部屋に専任で『表《おもて》坊主』と『数寄屋《すきや》坊主』が幾人かずつ派遣されており、そうした坊主たちの一部は、やはり二階に待機していた。

このうちの表坊主たちは、目付十名の身の周りの世話を多岐に行っていて、掃除や雑用、他役への伝令や文書の書き写しまでこなしてくれる。

もう一方の、俗に「茶坊主」とも呼ばれる数寄屋坊主たちは、あれやこれやと忙しい目付たちの様子を見ながら気を利かせて、折々、いかにも専門職らしい美味《うま》い茶を点《た》てて運んできてくれた。

ただしこの目付部屋専任の表坊主や茶坊主たちは、全員が十五歳以下の子供のみで、江戸城内に勤める役人としては、かなり異例であった。

それというのも、目付部屋専任となればどうしても外部《そと》に出せない密談なども耳に入ってしまうため、表坊主方では、わざと子供の坊主を選んで目付部屋の専任にしているらしい。子供の坊主の良いところは、大人のように世間に汚れていない分、正義感が強くて、生真面目な者が多いことだった。

筆頭の十左衛門は新しい坊主が来ると、「おぬしらは坊主ではあるけれども、目付方の一員でもある。それを常々忘れずに頭に置いて、ここでのことは他の役方や上役の坊主たちにはもちろん親や兄弟にも話さず、目付の我らと同様に、必ず秘密を守ってくれ」と、そのたびごとに一対一で腹を割って話している。

そのせいか「目付方の小坊主たちは、異様に口が堅い」と城中では評判で、自然、十左衛門ら目付たちも、まるで目付方《こちら》の身内のように皆で可愛がっていた。

表坊主は文書も写すほどだから、十三歳から十五歳くらいまでの年嵩《としかさ》の者がほとんどだが、茶坊主に至っては、まだ十歳になったばかりのひどく幼い者もいる。

坊主方は世襲で、先祖代々、城の坊主職を務めており、茶坊主たちも五つ六つの頃から茶を点てる腕だけは親からしっかりと仕込まれているため、たとえばまだ十歳であっても「茶坊主」としては十分に役に立った。

今、目付部屋で勤めている一番年少の坊主も、「今川妙清《いまがわみょうしん》」という十歳の数寄屋坊主である。

この妙清が、今日は何やらめずらしく、他の年長の坊主に叱られている様子であるのを、目付の一人、桐野仁之丞《きりのじんのじょう》が見かけて声をかけた。

「どうした、恒悦《こうえつ》。何ぞ、あったか？」

「あ、桐野さま……。お見苦しいところを申し訳ございません」

桐野に頭を下げてきたのは、表坊主の一人「矢坂《やさか》恒悦」である。

今年十五歳になった恒悦は、もう四年、目付部屋の専任として勤めていて、五名いる同僚の表坊主や、二名いる数寄屋坊主たちをまとめて、日頃から何かと面倒を見てやっているらしい。

そんな小坊主たちのおのおのの性格や上下関係、力量などについては、すでに桐野も見て取れているから、十五歳の恒悦が十歳の妙清に何やら強い口調で物を言っていても、それが苛《いじ》めのようなものでないことは、すぐに判った。

「して、どうしたのだ？　泣いておるようではないか」

妙清はさっきから「いやいや」をするように、さかんに首を横に振っているのだが、目にははっきり涙が溜まっているのだ。

「それが……」

と、恒悦は困った顔を、そのまま桐野に向けてきた。

「妙清が『御台所《おだいどころ》』を怖がりまして、昼餉《ひるげ》に行かぬと申しまして……」

「…………？」

恒悦の言った「御台所」というのは、本丸御殿のなかにある『表台所』のことである。

幕府では登城してきた大名や城勤めの幕臣たちに、折々、食事を提供している。

その「賄《まかな》い飯」をこしらえている場所が『表台所』で、城勤めの幕臣たちは、表台所の一画にある幾つかの座敷で、台所方の下役たちが運んでくる賄い飯を食べることになっていた。

つまりは御殿勤めの役人の食堂のようなもので、その食堂に行くのが怖いから昼食は要らないと、ごねているというのだ。

「妙清。台所の、一体『何』が怖いのだ？」

桐野が近づいて訊ねても、妙清は「いえ……」と半泣きのような顔のまま、首を横に振るばかりである。

「別にお腹《なか》も空《す》きませぬので、大丈夫でございます」

そう言うだけで、いっこう桐野の質問に答えてこない妙清に代わって、横手から恒悦が口を出してきた。

「御台所の二階に『かまいたち』が出ますのだそうで、妙清はそれが怖くて行けないのでございます」

「かまいたち？　あの、物《もの》の怪《け》の『かまいたち』か？」

「はい」

大真面目にうなずいて、恒悦もどうやら信じているらしい。物の怪の紹介をして、こんな風《ふう》に言ってきた。

「何でも物の怪になった鼬《いたち》が三匹で、人間《ひと》に悪さをいたしますそうで、一番目の鼬が通りかかった人間の脚《あし》をすくって転ばせて、二番目の鼬が鎌《かま》で浅く斬りつけますというと、三番目の鼬が近づいて、傷に素早く薬を塗るのだそうにございまして」

「薬？」

桐野が目を丸くすると、「はい」と、恒悦はいよいよ自慢げな顔つきになった。

「鼬の薬は、よう効くのだそうにございます。塗れば、たちまち血も止まり、痛まぬようになりますゆえ、人間《ひと》はしばらく『かまいたち』に斬られましたことにさえ気づかぬそうにございまして……」

恒悦の話では、台所の二階を使う『表台所方』の役人のなかに、このところ怪我をする者が多く出て、皆ことごとく「一体どこで怪我をしたのか判らない」と言っているため、「なれば、『かまいたち』ではあるまいか」と、噂になっているらしい。

「したが『かまいたち』は、つむじ風の物の怪であろう？　風など通らぬ御殿の二階に、『かまいたち』というのも、ちと妙な話だぞ」

実際、桐野が言うように、基本、御殿の二階には窓がないため、外からの風は通らない。

本丸御殿は外観の勇壮さを重視して、高くて長い大屋根で棟ごと覆われているため、二階部分のほとんどは屋根裏部屋のようになっているのである。それゆえ二階の部屋には窓がなく、風も外光も直《じか》には入ってこないため、暗くて、少しく陰鬱《いんうつ》な風を醸し出している。

そんな雰囲気も相俟《あいま》って、昔から本丸御殿の二階には折につけ、よろしからざる噂が立った。

「関が原の合戦の際、徳川軍に殺《や》られた雑兵《ぞうひょう》たちの亡霊が集まって、夜な夜な二階で『とぐろ』を巻いているらしい」

とか、

「中奥《なかおく》の美小姓が、表の役人と懇《ねんご》ろになり、二階で逢引《あいびき》しておったそうだ」

などと、折々あれこれ興味本位に、噂が立っては消えるのだが、今はちょうど夏の盛りということもあり、『かまいたち』などと、怪談が流行《はや》り始めたのではないかと思われた。

つまりは城勤めの男たちが、気晴らしの遊びに流す噂である。そんな噂《もの》のせいで、子供が飯を喰いにも行けぬというのが可哀相《かわいそう》で、

「よいか、妙清」

と、桐野は小坊主をなだめにかかった。

「御殿のなかに物の怪が出るなど、有り得ぬことだ。何故《なぜ》というなら、ここは江戸城御本丸の御殿であるのだぞ。畏れ多くも上様がおわしますこの御殿を、我ら幕臣が物の怪ごときからお守りもできずに、いかがする？」

「桐野さま……」

ようやくしっかり目を上げてきた妙清に、桐野はうなずいて見せた。

「そなたらは姿《なり》こそ僧形だが、歴とした幕臣の侍ぞ。いつ何時にても上様をお守りすべく、気概をば持たねばならぬ。よいか、妙清。判ったな？」

「はい！」

「うむ。よい返事だ」

そう言って横手から急に話に入ってきたのは、今日は桐野と二人、当番目付を務めている小原孫九郎《おばらまごくろう》である。

さっきから小原は離れたところで机に向かい、何やらずっと書きものをしていたのだが、どうやら耳は桐野や小坊主たちの話に向いていたようだった。

「桐野どのの申される通り、幕臣がそう易々《やすやす》と、物の怪なんぞを恐れてはならぬ。万が一にも鼬が出たら、捕《と》らまえて、鼬汁にして喰うてしまえ」

小原の乱暴な物言いに、妙清は子供らしくただただ目を丸くしていたが、横で恒悦が気を利かせて、妙清を促して一緒に昼の賄いを食べに出ていった。

その小坊主二人が出ていくと、「小原さま」と、桐野は小原のもとへと近づいた。

「今の『かまいたち』でございますが、ちと気になることがございまして……」

桐野の耳に引っかかってきたのは、「このところ表台所方の役人に、知らぬ間に怪我をしている者が多く出ている」という、恒悦の話のなかの一部である。

「なにぶん台所方の役儀《やくぎ》には、火や刃物がつきものにてございますゆえ、縦《よ》し何ぞか不具合があり、怪我人が出ているのであれば、このままに放っておく訳にもまいりませんかと……」

怪我人が出るような不具合といえば、まずは竈《かまど》や包丁といった調理のための道具類が、古くなったり、壊れかけていたりして、使いづらくなっていることが考えられる。

「使う者が器用か不器用か、調理の先を急いでいたか否かによっては、怪我人が続出することもございましょうから」

桐野はそう推論したが、小原のほうは、どうやら納得しかねているらしい。

「さようではあるまい」

と、すぐに反論して、先を続けてきた。

「道具が古うて使いづらいと申すなら、台所方より『新たに道具を買い入れたい旨』申請を出して、替えればよいだけのことだ」

「いや、ですが小原さま、えてして道具などというものは、使い手のそれぞれに思い入れの類いもございましょうし……」

たとえば包丁など、積年で刃が磨耗して、若手の者は「使いづらい」と思っていても、何十年とそれを使い続けていた古参の者たちにとっては愛着もあろうし、かえって「使いやすい」ということもある。

「さすれば、必定《ひつじょう》、下の者らが遠慮をし、少しく怪我をしやすい代物であっても、そのままに使い続けることもありましょうかと」

「なるほどの……」

小原は大きくうなずくと、早くも素直に意見を変えてきた。

「なれば、無理にも目付方《こちら》より手を入れて、替えてやったほうがよいかもしれぬな」

「はい」

と、桐野はうなずくと、先を進めてこう言った。

「これよりさっそく調査《しらべ》の手配をつけまして、まずは『怪我』というのがどういった代物か、探らせようと存じますのですが……」

「相判った。目付部屋《ここ》は拙者がおるゆえ、さっそくに手配を頼む」

「はい。では」

桐野は目付部屋の二階に向かい、「山倉《やまくら》！」と、階上《うえ》に詰めている徒目付を呼びつけると、調査の方針を決めるべく話を始めるのだった。

二

桐野が徒目付ら配下数人を目付方の下部屋に集めて、台所方の調べについて報告を受けたのは、翌日の午後のことである。

「昨日今日で聞き込んだ分だけでございますゆえ、まだ六件ほどにてございますが、とにかく怪我は、どれも足ばかりにてございました」

「え？『足』か？」

桐野が目を丸くしていると、報告していた配下は、「はい」と先を続けてきた。

「怪我をしたのは、台所方のなかでも下役の者ばかりでございますが、足の先から脛までを大きく晒《さら》し（白布）で巻いておりますのは一人のみで、残る五人はたいした怪我ではございませんようで」

その五人のうちの幾人かが、「これが『かまいたち』にやられた痕《あと》だ」と、だいぶ周囲に見せびらかしていたようで、そのあたりから噂が広まったのではないかということだった。

「踵《かかと》やら足裏を、スッと一筋切っただけという者が、ほとんどでございましたらしく、それゆえ『かまいたち、かまいたち』と……」

『かまいたち』の伝承にはさまざまな形があり、恒悦の言うように「三匹の鼬が役割分担をする」という説もあるのだが、ごく一般的には「つむじ風とともに鼬の化け物が現れて、手の鎌でザッと一筋、目にも留まらぬ速さで切りつけていく」というのが普通であった。

だがどちらにせよ、『かまいたち』に切られた傷からは、不思議なことに一滴の血も出ず、痛くもないというのが、共通項なのである。

この「切られはしても、軽症で済む」というところが、『かまいたち』と噂される所以《ゆえん》なのかもしれなかった。

「したが、『足』ばかりとはな……」

そう言って、桐野は一つため息をついた。

正直、台所方の者の怪我だというから、手先や腕などの切り傷や火傷《やけど》なんぞを想像していたのである。

いささか肩透かしを喰ったような気分で、桐野がしばし沈思していると、

「山倉です。失礼をいたします」

と、襖の外から声がして、最初に桐野から命《めい》を受けた徒目付の山倉欽之助《きんのすけ》が、下部屋に入ってきた。

「おう、欽之助。どうであった?」

「はい」

山倉は桐野の前まで来て控えると、ほかの皆とは一風違う報告をし始めた。

「『揉め事の有りや無しや』にござりまするが、諸方より、あれこれ探りを入れまし

ても、台所方には別段、揉め事の類《たぐ》いはございませんようで」

「さようか……」

こちらの報告にも少しくがっかりして、桐野は再び頭を回転させ始めた。

実は桐野は、この『かまいたち』騒ぎの裏には、台所方にはびこる『虐《いじ》め』のようなものがあるのではないかと、そう読んでいたのである。

台所方のなかでも誰かそれなりに権力を有している者が、下役の者らに対し、嫌がらせや虐めなどを日常的に行っていて、やられた者たちのほうは、そうした虐めで受けた怪我を大っぴらに口に出す訳にはいかないから、

「二階で『かまいたち』にやられた」

などと、皆で口を揃えて言い立てているのではないかと考えたのだ。

城中で『かまいたち』の噂を大きくすれば、いずれ老中ら上《うえ》つ方《かた》や目付方《こちら》の耳にも入るようになろう。そうなれば、

「畏れ多くも、上様のおられる本丸御殿内に『物の怪がいる』などと、さような噂はけしからん。急ぎ、真相を調べねばならぬ」

と、おそらくは目付方が真相解明に動き出し、それを契機《けいき》に虐めの実態が白日の下になるなり、発覚を恐れた上役が下役虐めをやめるなりと、問題が解決するのは目に

見えている。

　そこを見越して虐めに遭《あ》っている者たちが、わざと噂を流しているに違いないと、桐野はそう予想して、山倉にはそちらを探らせていたのである。

「いやしかし、揉め事がないというなら、『かまいたち騒ぎ』は一体、何だ？」

「はい……」

　と、山倉もうなずいて、首をひねった。

「そこがどうにも判りません。幾人もが怪我しているのは、確かでございますし……」

「さようさな……」

　桐野は再び、沈思に入った。

　まさか本当に台所の二階に物の怪が棲んでいて、階上《うえ》に上がってきた者たちに悪さを仕掛けるとは思えないから、怪我には何か原因があるのだろう。

　ただどうにも解せないのは、何故、怪我をした者たちが、その怪我をことさらに「物の怪のせい」にするのか、そこであった。

　上役の報復を恐れて『かまいたち』の名を借りるというなら、よく判る。

　だが単に何かで怪我をしただけなのに、どうして「『かまいたち』に遭った」などと吹聴《ふいちょう》しなければならないのであろうか。上役《うえ》に遠慮する必要がないのなら、皆が怪我する原因になっている「何か」を直せばいいだけのことではないか。

　と、そこまで一人で考えを巡らせて、桐野は「あ……！」と小さく声を上げた。

「おう、山倉！　判ったぞ」

「……………？」

　いっせいに桐野《こちら》を凝視してきた山倉ら配下の者たちに、桐野は童顔な顔を向けると、

「お宝」でも見つけた少年のように目を輝かせてこう言った。

「おそらくは、二階の床が傷《いた》んでおるのだ。暗いゆえ、そこで怪我する者が続出しているのであろうよ」

「ですが……」

　と、山倉が、遠慮がちながらもこう言ってきた。

「床が傷んでおりますならば、作事方に申請を入れれば済むことにございますゆえ、何もわざわざ『かまいたち』などと嘘をついてまで、我慢をせずともよいのではございませんかと……」

「あの、山倉さま」

　横手から、そっと山倉を押し止めるように声をかけてきたのは、山倉とはよく組ん

で仕事をしている「蒔田仙四郎《まきたせんしろう》」という名の小人目付である。

二十六歳の山倉が、日頃から七つ年上のこの蒔田を信頼して、何かと自分の補佐をさせているようなのは、目付の桐野にも見て取れている。それゆえ桐野はまずは黙って、自分は反論せずにいることにした。

「台所の二階などと申しましたら、おそらくは台所方のなかでも、ごく下役の者しか使わぬことでございましょう。さすれば、やはり『床の張り替え』の申請などは難しいかと……」

「…………」

山倉は黙り込んで、どうもまだ話の先を読めていないようである。

そんな山倉を見て取って、桐野は蒔田に同調して、口を開いた。

「さよう、いざ『床板を直す』となれば、とてつもない金子《きんす》がかかろうからな。下役の者らが遠慮をして、はっきりとは言い出せぬのも、よう判る」

「はい」

と、返事をしてきたのは、蒔田であった。

「それに、たとえば下役の者らから『二階の床がひどい』と報告があったとて、おそらくは台所方の組頭《くみがしら》あたりが上司《うえ》に遠慮をして握り潰して、なかったことにいたしましょう」

「うむ……。まあ、そんなところであろうな」

桐野が蒔田に答えて、そう言った時である。

「なれど、それでは、いっこう怪我人は減りませせぬ」

憤然とした顔で、山倉欽之助が言ってきた。

「歩いて怪我をするほどに床が傷んでおるのであれば、それは当然、作事方へ検分を申請すべきでございましょう。怪我をするのが下役ばかりだからと、そのままに放っておくというのは、いかがなものかと……」

「さよう。すぐにも手を打たぬとな」

やわらかく笑って、桐野が大きくうなずいた。

「工事の費用がいかほどになるものか、正直、空恐ろしいところだが、さりとてここで我ら目付方が臆して、このままに放っておく訳にはいかぬ。これより疾《と》く、作事方への申請の書状を仕上げてくれ」

「ははっ」

桐野《こちら》へ目を上げてきた山倉の顔は、明るかったようである。

こうして翌日には作事方へと、台所二階の床の傷み具合を検分するよう、早くも申請書が出されたのである。

　通常であれば、こうした「修繕」に関する検分の願い出は、当事者である台所方より出されるべきものではある。

　だが目付方は、もともと幕府内の諸施設の改築、修繕などに権限を持たされていて、たとえば柱一本、修繕するにしても、「たしかに、これは修繕の必要がある」として、目付方が認証しなければ、工事を始めることができないのだ。

　つまり今回もし正常に、「二階が傷んでいるゆえ、修繕して欲しい」と、台所方より作事方へと申請が出されていたとしたら、作事方は二階を検分し「修繕は、これくらいの費用になる」と見積もりがついたところで、目付方に工事の認証をしてもらうため、書状を提出してくるのである。

　こたびは、こうして妙な形で、目付方より作事方へと検分の申請が出されることとなったが、もとより目付方が「幕臣である台所方の者らに、怪我人が続出している」ことを注視しての検分要請ゆえ、何ら問題となる点はなかった。

　だがそうして目付方より申請を出してから、まだ五日と経たないうちに、作事方より正式に遣わされた回答書は、以下のようなものだった。

『表台所の二階については、詳細に検分した結果、危急に修繕すべき箇所《ところ》は、皆無と思われる』

という、実にもって想定外な代物だったのである。

三

「なに？『直すところがない』とは、どういうことだ！」

目付部屋のなか、作事方からの回答書に激怒しているのは、目付の小原孫九郎である。

今、桐野は「ご筆頭」の十左衛門と、この案件の突端《とっぱな》を知っている小原の二人に回答書を見せたところで、これまでの経緯についてはすでに報告済みであったため、作事方がどう回答してくるものか、十左衛門も小原も前から気にしていたのだ。

あの後も、山倉や蒔田たちは台所方の調査《しらべ》を続けていて、以前に怪我した者まで含めれば、「『かまいたち』に遭った」と言い張る男たちの数は、かなりになるという実態もつかんでいる。

怪我人は表台所方の者ばかりではなく、表台所とは板間続きの『賄方《まかないかた》』の者たちにまで及んでいて、どうやら床が傷んでいるのは、賄方の二階も同様であろうと思われた。

賄方は城中で使う食材や食器全般の、仕入れや管理を担当している役方である。

それゆえ賄方の二階には、食材や食器の予備が在庫として置かれていて、荷の出し入れをする際に両手で荷物を抱えていれば、当然、自分の足元は見えなくなるため、怪我する者も少なくなかろうと思われた。

「実際、台所方と賄方とを合わせれば、怪我人はかなりの数に及びましょうし、やはりこれまで『台所頭《がしら》』や『賄頭』が、配下に多く怪我人が出ていることを知らずにいたはずはございません。双方おそらく『騒ぐな』と、下役の者らを抑えていたのでございましょう」

山倉や蒔田からの報告を話し終えて、桐野は先をこう続けた。

「怪我をしても『騒がぬように』と抑えられ、さりとて怪我の原因《もと》が改善される訳でもないのでございますから、皮肉も込めて『かまいたち』などと言い立てた気持ちも判ろうというもので……」

そんな状態を桐野は予想していたため、直に台所方に乗り込んで聞き込みなどすれば、逆に被害が隠されてしまうかもしれないと考えて、周囲から被害の実態を探るよう、山倉たちにも命じていたのである。

「しかして、まさか作事方までが、台所頭や賄頭と同様に動くとは思いませず……」

「さようさな」

桐野にうなずいて見せると、十左衛門も話し始めた。

「いやな、実は儂《わし》も牧原どのに手伝《てつど》うてもらって、台所の二階が実際どれほど古いのか、ちと調べてみたのさ」

この一件の報告を初めて桐野から受けた後、十左衛門は牧原に頼んで、『右筆方《ゆうひっかた》』に残っているであろう、作事方から出された御殿内の修繕工事の申請書を、すべて拾い出してもらったのである。

今、建っている本丸御殿は、明暦《めいれき》三年（一六五七）、いわゆる「明暦の大火」の後に建造されたものである。江戸市中の三分の二近くを焼き尽くしたというこの大火で、当時、江戸城は本丸、二ノ丸と天守閣までが全焼してしまったのだ。

大火の後、幕府は江戸市中の再興を優先して、財政面から天守閣の再建はあきらめ、実質的に必要な本丸御殿だけを再建している。

その本丸御殿が完成したのは、大火から二年後の万治《まんじ》二年（一六五九）のことである。つまり明和五年（一七六八）の今から換算すれば、本丸御殿は、すでに百十年近くも経っているということだった。

「したが牧原どのの調べによれば、台所方や賄方の二階には、いまだ一度も修繕の記録がないらしい」

御殿の二階で修繕の記録があるのは、諸役の者たちが共通で使う二階の大廊下など数ヶ所だけで、それもそれぞれ幾十年も前の申請書であるという。

「こうともなれば、やはり作事方には任せず、目付方《こちら》が無理にも調査《しらべ》に入るよりあるまい」

乱暴に、横手から意見してきたのは、小原孫九郎である。

「今日これよりさっそくにも皆で二階に提灯《ちょうちん》をば持ち込んで、台所方も賄方もいっせいに相調べるがよろしかろう。不肖《ふしょう》、拙者も一軍率いて参戦するゆえ、桐野どの、ご安心めされよ」

「いや小原さま、ですが……」

まるで戦《いくさ》にでも行くかのような小原の鼻息の荒さに、桐野が二の句に困っていると、

「失礼をいたします」

と、襖の外から声がして、徒目付の一人が目付部屋のなかへと入ってきた。

「桐野さま」

振り返った桐野や十左衛門ら目付三人のもとに近づいてくると、外部《そと》からの繋《つな》ぎを

務めて、こう言った。

「ただ今、私どもの番所のほうに、『竹山克次郎《たけやまかつじろう》』なる作事方の『被官《ひかん》』が参っておりまして、是非にも桐野さまにお目通りを願いたいと申しまして」

「…………？」

作事方被官というのは、作事奉行の支配下で働く役高・五十俵の御家人身分の役人である。

実際の工事責任者である『大工頭《だいくがしら》』に指示を仰ぎながら、配下の下役たちを使って、工事の設計や手配をしたり、大工をはじめとした職人たちを管理・監督したりするのが仕事であった。

つまりは作事方のなかでも、実際の工事に精通した中間管理職といった役柄の者である。

その作事方被官が、本丸御殿玄関の脇にある徒目付の番所に、ついさっき突然やってきて、「どうか御目付の桐野さまに、お繋ぎをお願いいたしたく……」と頼んできたというのだ。

「よし！　相判った」

桐野を差し置いて反応したのは、小原である。

その小原の横で「ご筆頭」と目を合わせてうなずき合うと、桐野は使いにきた徒目付にこう言った。

「なれば、『中之口《なかのくち》』のほうに通してくれ。下部屋にて話を聞こう」

「ははっ」

『中之口』というのは城勤めの役人たちが使う通用口で、目付方をはじめ他のさまざまな役方も、下部屋は中之口の近くにある。

まるで自分が呼ばれたように当然の風で立ち上がった小原を、「ここはまず桐野どのだけのほうが、向こうも構えずに、よろしかろう」と十左衛門が制止して、桐野は無事一人で、下部屋へと向かうのだった。

四

作事方被官は、役高こそ五十俵で御家人身分の職ではあるが、俗に「筆算《ひっさん》、第一の職」などといわれ、高い算術の能力がなければ務められない役である。

定員は何名と、はっきり定められてはなかったが、今は十五名ほどがいて、必定、頭の切れる者ばかりが選ばれていた。

事実、今、目付方にいる徒目付のなかでも数名は、この作事方被官から昇格してきた者である。

桐野に面談を求めてきた竹山克次郎は、見たところ三十七、八という歳格好であったが、眉間に深く皺《しわ》が刻まれているせいか、ひどく気難しそうな印象であった。

「目付の桐野仁之丞である」

向き合って座すなり、桐野が名乗ると、

「作事方で被官を相務めます、竹山克次郎と申しまする」

と、竹山は平伏してきた。

「顔を上げられよ。して、竹山どの、ご用向きとは何でござろう？」

さっそく桐野が切り出すと、「はい」と竹山は、やけに真っ直ぐこちらに顔を上げてきた。

「卒爾《そつじ》ながら、申し上げます。本日、作事方より出させていただきましたご返答の儀《ぎ》は、すべて偽《いつわ》りにてござりまする」

「偽り、とな？」

「はい」

「…………」

桐野は目を丸くした。

回答書の内容が嘘なのは、むろん判っていたことではある。だが、まさか作事方の人間が、告発の形で話を持ち込んでくるとは思わなかった。

「して、竹山どの。なれば、偽らざるご返答とは、いかがなものでござろう？」

「はい。では、謹《つつし》んで答えさせていただきまする」

そう言って竹山が話し出した内容は、実際、桐野の予想の上を行くものだった。

竹山を含めた数名で、表台所方と賄方の二階をくまなく点検したところ、板敷きの床を踏み抜いた跡が、大小で、九ヶ所ほど。

他にも床の羽目板《はめいた》が反《そ》り上がり、浮き上がった板の端がささくれ立っているところや、もう畳ともいえないような古畳が崩れて、いかにも足を取られそうな場所などは、数えきれぬほどであったという。

「床だけで、さような具合でございますゆえ、壁や板戸や柱などまで直しますというと、とんでもなく大掛かりな補修になりますものかと……」

竹山は脅したが、すぐに次を続けてきた。

「けだし御本丸の御殿内《うち》と申しましても、二階にてございますゆえ、材《ざい》は安価なものにて済ませるつもりにございます。ゆえに、まずもって費用《かかり》のほうは、五百二十両ほどもあればよろしいかと存じまする」

竹山は当たり前のようにそう言って、何やら細かく書き付けたものを、桐野《こちら》に見えるよう畳の上に広げてきた。

乗り出して見てみれば、どうやら修繕工事の見積もりのようである。さすがに作事方被官らしく、「板材は何の木材で、どこにどれくらい使用し、一枚あたりの単価は幾らほど……」というように、事細かに明確に書き出されていた。

費用はかなりかかるであろうと、ある程度は覚悟していたゆえ、驚きはしなかったが、この額ともなれば、やはり御用部屋の上つ方に大騒ぎをされるのは必定である。

「すべて直すと、五百両か……」

桐野がついぽろりと口に出すと、

「いえ」

と、竹山は、間髪容《い》れずに否定してきた。

「五百二十両は、床だけの見積もりにてござりまする。もし壁や板戸といった上も直しますとなれば、千七、八百両は優にかかりますものかと」

「………」

あまりの額に、桐野が絶句していると、まるで金を出し渋っている施主を説得するかのように、「床は土台から腐りかけているから、表面の羽目板だけを換えても良くはならない」などと、竹山は細かい説明まで始めている。

「いやさよう、日々あの二階を使う者らのことを考えれば、土台より、しっかと修繕をせねばなるまいな」

まるで自分に言い聞かせるように桐野が言うと、だが眼前の竹山は、きわめて桐野を不快にさせる口調で、こんなことを言い始めた。

「二階をどなたがお使いになるかは、私ども作事方の関わるところではございませんので」

突っぱねるようにそう言うと、竹山は冷ややかな顔つきで、どんどん主張を重ねていった。

「私は被官でございますゆえ、『ここを見積もれ』と言われれば、誠心誠意、費用《かかり》や人手《ひとで》に狂いが出ませぬよう、勘定をいたしますまでで……」

「相判った」

竹山の話を断つようにして桐野はすっくと立ち上がると、いささか桐野らしくもなく、乱暴に床から見積もり書を拾い上げて、こう言った。

「だが『建物』は、人間《ひと》が住み、人間が使うものだ。その人間の使い勝手に思いを馳《は》せられぬようでは、大した作事はできぬであろうと思うぞ」

「………………！」

下に座したままの竹山は、どうやらカッと血相を変えたようである。

その竹山を残して、桐野は先に下部屋を去るのだった。

五

竹山克次郎が内部告発のようにして提出してきた見積もり書は、正直、十左衛門ら目付方にも衝撃的な代物であった。

とにかくまずは作事方を訪問し、「修繕すべきところは皆無である」などと、二階の実情を隠したことに対して詰問《きつもん》しなければならない。

定員二名の『作事奉行』は役高が二千石であるから、平の目付の桐野ではなく筆頭の十左衛門が引き受けて訊問に行くこととなったが、作事奉行二人の言い分は、こうであった。

一階の大座敷や廊下でも直そうというならいざ知らず、二階に五百二十両などという大金をかけられる訳はなく、よしんば作事方の直属の上司である老中方に上申したところで、「正気か?」と、一発で却下されるに決まっている。

ならば、まずは実際にその二階を使用している台所方や賄方に、修繕が必要か否かを聞いてみようということになり、さっそく台所頭や賄頭たちを呼びつけて意見を聞いたところ、「五百両など、とんでもないことでございます。こちらは今のままで結構でございますゆえ」と、かえって頭を下げられたということだった。

「いや、そこはまあ、そうなりましょうな。お役高・二千石の『御作事奉行さま』に呼び出されたのでございますから、役高・二百俵の台所頭や賄頭に、苦情など申せるはずがございますまい」

十左衛門の話に、横手からこう決着をつけてきたのは、目付の西根五十五郎《にしねいそごろう》である。

今、十左衛門ら目付十名は、通例の合議の最中で、桐野は自分が抱えているこの案件について一同に報告し、それに加えて十左衛門が、本日、作事奉行二名に対して行ってきた訊問の内容を話し終えたところであった。

「ですが二階の惨状を、やはりこのまま放っておく訳にはまいりませぬ」

凜《りん》として言い始めたのは、桐野仁之丞である。

「台所方や賄方の二階は食材や用具などの置き場になっておりますゆえ、実際かなりの人数が、日に幾度となく出入りいたしておりまする。このまま何の修繕もせずにおりましたならば、床は日に日に傷みを増して、いつか取り返しがつかぬほどの大怪我をする者も現れることかと……」

「さようなことは、使う者がおのおの気をつければよいことでござろう」

一刀両断にしてきたのは、荻生朔之助《おぎゅうさくのすけ》である。

「二階が暗いと申したとて、何も行灯《あんどん》でも点けるなり、提灯を持って上がるなりと、工夫をするがよいのだ。目も頭も、満足に使おうとせぬから怪我をする」

「ですが荻生さま、役目柄あそこの者たちは両手で荷を抱えて歩きますゆえ、必定、提灯は持てませぬ。行灯も、人の常駐しない二階に置いたままでは危のうございますし、やはり床を直してやらないことには……」

「さよう。桐野どのの申される通りでござろうな」

と、今度は赤堀小太郎《あかほりこたろう》が口を開いた。

「縦《よ》し荷を持ったまま足を取られて転び、荷の食材が飛び散って使い物にならなくなれば、役目にも支障が出ることでございましょうし……」

赤堀はそこまで言いかけて、「ご筆頭」と、十左衛門に向き直ってきた。

「そしてまず、何より守らねばなりませんのは、我ら目付の信条にてござりまする。

『下役の者なれば、怪我をしたとて大事なかろう』などと、分け隔てて物を考えますようでは、何のために我ら目付が要るのか判りませぬ。幕府に忠公を尽くす者に対しましては、誰も等しく守ってやらねばならぬものかと……」

「うむ。赤堀どの、よくぞ申された」

十左衛門のお株を奪うように、横手から赤堀を褒めてきたのは、小原である。

その小原を怒らせぬよう気を遣いながら、

「ただそうは申しましても、やはり費用《かかり》が……」

と、これまでは黙っていた佐竹甚右衛門《さたけじんえもん》が言い出した。

「作事方の被官が見積もって『五百二十両はかかる』と申しますなら、やはり五百と二十両、きっちりかかるのでございましょう。その額が、今の幕府の財政で出せますかどうか……」

「いや、そこよ。小生意気な奴め！」

小原が最後につけた「小生意気な奴め！」が、あまりにもいきなりで、まさか佐竹に向けられた訳ではなかろうがと、佐竹ばかりではなく皆が唖然として黙っていると、場はいよいよ小原孫九郎の独壇場となった。

「あの被官め、『台所方の難儀などはどうでもよいが、己《おのれ》が見積もった修繕の費用が著しく合わぬとされたことが口惜しい』などと、まことにもって小憎らしいこと、はなはだしい！」

「……『竹山』にございましたか……」

佐竹がぼそりとそう言って、皆も内心「竹山の話であったか……」と納得をしたのだが、よく見れば一人、西根がいかにも愉しそうにニヤニヤとしていて、今にも何か言い出しそうな様子である。

すると、横手から稲葉徹太郎《いなばてつたろう》が、小原に同調して言い出した。

「竹山と申すその被官、もとより人間《ひと》としての度量が大きゅうはないのでございましょう」

「おう！　まこと、さよう、さよう」

とたんに満足したらしい小原と、稲葉は顔を合わせてうなずき合っていたが、つと急に、稲葉らしくもなく乱暴に言い足した。

「そうした輩《やから》は、一度、鼻をへし折ってやらねばなりますまい」

「え……？」

と、目を丸くしたのは小原だけではなかったが、稲葉は構わず、先を続けてこう言った。

「竹山が見積もってまいりましたのは、床だけとはいえ、土台から上板まで、すべてきれいに取り換えてのこと……。思うてみれば、怪我がなければよいだけのことで、別段さほどにきれいに直すこともございますまい」

見れば、稲葉はめずらしく、悪戯《いたずら》めいた笑みを浮かべている。そうして芝居の台詞《せりふ》よろしく、こう言った。

「『長年、作事方に勤めた被官でありながら、おぬしはさように場も人も見ず、決まりきった見立てしかいたさず、それを自慢にするなどと、被官として拙《つたな》きこと、この上もない。こう言われて口惜しければ、こたびが二階の修繕が叶うよう、費用《かかり》を絞って見積もりを立て直せ』と、突きつけてやればよいのでございます。さすれば、被官の鼻も折れることと……」

「おう！　さよう、さよう」

と、小原はすっかり上機嫌で、こたびの担当である桐野のほうを振り返った。

「いや、どうだな、桐野どの。それ以上の妙案はあるまいて」

「はい。私もさように……！」

明るい声で桐野が同《どう》じたのを契機に、十左衛門は合議をまとめて、一同の顔を見渡した。

「どうやら決議が出たようでござるが、おのおの方、よろしいか？」

「はっ」

否やの声を上げる者は、やはり一人もいない。

桐野が見つけた「二階の『かまいたち』」の一件に、目付部屋では、こうして裁決をつけたのだった。

六

翌日の昼下がり、十左衛門の姿は、作事方の詰所のなかにあった。

あらかじめ訪問の刻限を伝え、作事奉行二名と、被官の竹山克次郎を呼び出してあったため、今ここには十左衛門のほかは、くだんの三人だけである。

その三名を前にして、十左衛門は昨日、合議で決定した見積もりのやり直しについて話し終えたところであった。

「この一件につきましては、すでに今朝ご老中方にもご報告をいたしまして、費用《かかり》を下げた上での見積もりなれば再考していただける旨、お言葉もいただいてまいりました。ゆえに、さっそくにも再度のお見積もりをお願いいたしたく……」

以前の見積もりのように床全体を直すというものではなく、表面の床材と土台の材の傷みの程度を、それぞれ丁寧《ていねい》に調べて欲しい。

その上で、「ここは土台がまだどうにか使えるから、床板の張り直しのみで大丈夫であろう」などという風に、切り張りの形でよいから、使える場所はすべて残す形で見積もりをし直してもらいたいと、十左衛門は作事方の面々に嫌がられるのを承知で、こと細かに再見積もりの指導までをしたのである。

「床板の面がささくれ立っただけでございましたら、場所によっては厚く筵《むしろ》を敷きつめて、足を傷めぬようにするだけでも構わぬかと存じまする。おおよそのところは、こうした具合にお見積もりいただければよろしいものかと……」

「心得た」

あまりに細かく口を挟まれて、やはり苦々しくはあるのだろう。二人いる作事奉行のうちの上席の者が返事はしたが、それきりで、あとは二人並んで不機嫌そうに口を固く引き結んでいる。

一方で、竹山克次郎はといえば、こちらはもうはっきりと、まるで長湯でもした後のように上気した顔をして、十左衛門をにらんでいた。

「門外漢《もんがいかん》の目付に、何が判る？」と言いたげな顔つきである。

そんな様子を見て取って、「竹山どの」と、十左衛門は改めて真正面に竹山克次郎と向き合った。

「拙者、幕府目付として、そなたには是非にも言うておかねばならぬことがござる」

「…………」

竹山は十左衛門《こちら》に目を合わせてはいるのだが、返事はしないつもりのようである。

もとより上司の奉行二人に、後足で砂をかける形で告発するような性質《たち》だから、たとえ相手が目付であっても、自分の信条を通して、決して屈しまいと考えているのであろうと思われた。

「そなた、ちと『御役目の何たるか』を履《は》き違えておるぞ」

「…………！」

カッと血相を変えた竹山を淡々と見据えて、十左衛門は叱咤した。

「『幕府役人の被官』として作事に精通することと、名工の大工よろしく精通した己《おのれ》を誇示することとは、別物だ」

十左衛門は鋭く言い切ると、その先も続けて、声を厳しくした。

「なるほどそなたが見積もりは、修繕を極める工事を目指すものとしては、完全なる形であるに違いない。だが、そなたら作事方被官は、職人ではないのだ。たとえ切り張りの風で好みに合わぬ代物であっても、その折々で柔軟に、でき得るかぎりに良いものが建てられるよう知恵を絞ることこそが、幕府被官の腕の見せどころであろう。どうだ？」

「………」

気づけば、竹山はいつの間にやら目を伏せて、静かに唇を嚙んでいる。

その竹山に、十左衛門は続けて言った。

「しかしてそなたが被官としての信条を曲げず、己が見積もった案件について真実《まこと》のところを公《おおやけ》にいたしたことについては、拙者、目付として感服いたした。ご老中の皆さまも『なかなかに気骨がある』とお褒めにてあられたぞ」

と、十左衛門は、ここで初めて表情をやわらげて、少しく竹山のほうに静かに身を乗り出した。

「あとは、そなた、被官としてだけではなく、幕臣の武士《もののふ》として町人や百姓にも『人の鑑《かがみ》』と評されるよう、人物を磨け。台所の二階で立ち働く者たちも、そなたと同様、足を傷めれば、痛いのだ。その情を持てるようになれば、作事の腕も更に上がろう」

「………」

竹山は返事こそしなかったが、それでも何ぞか感じるところはあったのか、自分から平伏している。

見れば、奉行二人も先ほどとは一転し、殊勝な顔で目を伏せていた。

どうやら十左衛門が遠巻きに、竹山の見積もりを握り潰した奉行たちを叱咤したことが、当人たちに通じたようである。

ああして作事方が勝手な判断で、竹山の出してきた見積もりをなかったものとしたことについては、実は、ご老中方はあまり気にしてはいないのだ。

おそらくは「五百二十両」という額が目くらましになって、握り潰しの事実に気づいていないのやもしれなかったが、本当は、そここそが忌々《いまいま》しきところであるのだ。

十左衛門は、やはり目付として、この先に同様の「握り潰し」が出ないよう、奉行たちに言っておかねばならないことがあった。

「御本丸の御殿は、百十歳になりまする。これからもこたびがように、あれやこれやと修繕の箇所は増えましょう。しかして常に、幕府と、御作事方と、使う者とで懸命に知恵を出し合えば、必ずやより良い方向《ほう》へと答えも導けますものと……」

「さようさな」

上席の奉行がそう言ってくれたが、これは今日初めての、掛け値なしのうなずきのようである。

今年の夏に広まった『かまいたち』の噂は、まるで毎年夏になるたびに流行り出す他のたわいない怪談話と変わりなく、夏の暑さとともに立ち消えていったのだった。

第三話　跡継ぎ

一

十左衛門の妹尾家に、とうとう嫡男《ちゃくなん》となる養子がやってきた。四人いる甥《おい》のうちの一人で、今年十五歳になった笙太郎《しょうたろう》という者である。

十左衛門には二歳下に「咲江《さきえ》」という妹がおり、十六歳で他家へと嫁に行ったその妹に四男一女も子供がいるため、かねてより、その四人の甥のなかから誰か一人をもらって、妹尾家の養子にしようと考えていたのだ。

咲江が嫁《か》した先は、こちらより家格の高い家禄千五百石の旗本・山岸《やまぎし》家である。

山岸家当主で咲江の夫である山岸透次郎衛秀《とうじろうやすひで》は、今は「山岸但馬守《たじまのかみ》」と幕府から官位もいただいて、役高・二千石の『日光奉行《にっこう》』を務めている。

定員が二名の日光奉行は、神君・家康《いえやす》公を祀《まつ》った日光東照宮《とうしょうぐう》の守護をしながら、かの地の民を治めるのが仕事だが、日光には一年交替で「当番奉行」として赴任《ふにん》する形となっている。

その当番を終えて山岸が江戸へ帰ってきたのを契機に、今日いよいよ正式に笙太郎を養子として妹尾家に迎え入れることとなったのである。

本来ならば譜代旗本の家らしく、親類縁者や近隣、上司や同僚などを招いて酒食の宴を催した上で、華々しく跡継ぎの笙太郎を紹介したいところだが、目付は職務柄、ごく近しい親戚だけしか付き合いを許されていない。

今日の祝いも、山岸家と妹尾家の者たちのほかは、亡き妻・与野の弟であり、徒目《かち》付組頭でもある橘《たちばな》斗三郎《とさぶろう》だけが列席することとなっていた。

十左衛門も斗三郎も、今日だけは特別に昼から半日の休みをもらっているのだが、どうやら斗三郎のほうはまだ仕事の手配が終わらないのか、遅れているようだった。

山岸家からは当主の透次郎を上座にして、その隣に山岸家の嫡子である二十六歳の長男・謹一郎《きんいちろう》が座し、次には十歳の四男・彦之進《ひこのしん》、最後に咲江と並んでおり、さっきから咲江はあれこれ母親らしく、横にいる彦之進の世話を焼いている。

二十四歳の次男・雅二郎《まさじろう》と、その下の紅一点、二十一歳の長女・里江《さとえ》は、すでに他家へと養子や嫁に出ているため、山岸家の人間《もの》ではない。十左衛門が目付の職にあることを考慮して、どちらも今日は、出席を遠慮したようだった。

一方、向かい合った妹尾家の側は、実にさっぱりとしたもので、十左衛門とその隣にもう一人、養子となったばかりの山岸家の三男、十五歳の笙太郎が並んでいるだけだった。笙太郎の横には斗三郎の席が用意されているのだが、まだ到着していないため、いよいよもって寂しい感じになっている。

今日から養父《ちち》となった伯父《おじ》と二人、山岸家の側ではなく、妹尾家側に並んでいるからか、笙太郎は背筋を伸ばして正座したまま、見るからに硬くなっていた。

五人兄姉弟《きょうだい》のなかの四番目である笙太郎は、昔から素直で明るいのはいいのだが、ちとお調子者の風《ふう》があり、正月や盆などこうして皆で会食する席でも、普段はいっこう臆さずに、よく食べ、よく喋《しゃべ》り、母親の咲江の怒りを買うほどであった。

だが今日は、自分の祝いということもあって、さすがに緊張しているようだった。

その笙太郎をからかって、向かい側から長兄の謹一郎が声をかけた。

「おい、どうした、笙太郎。おまえ、借りてきた猫のようではないか」

「そんなことはございません！」

笙太郎は口を尖らせたが、さりとてそれ以上に反論する訳でもなく、またも両手を正座の膝の上に置いて、ピンとして座している。眼前に置かれた膳《ぜん》にも、いっこう手をつけようとはしない笙太郎に、十左衛門は横手から声をかけた。

「何を今更、しゃちほこばっておるのだ。冷めるぞ。よいから、喰え」

「はい、伯父上。……あっ！」

今日からは「父上」と呼ばねばいけないことに、気づいたらしい。

「申し訳ございません、父上……」

「ああ、よいよい」

十左衛門は笑い出した。

「どのみち、しっかと血は繋がっておるのだから、呼び名など伯父上でも父上でも、どちらでもよいわさ」

そう言って「そうでござろう、透次郎どの」とでも言うように、十左衛門が山岸のほうへと目をやると、もう三十年に近い長い付き合いの山岸も、穏やかに笑ってうなずいている。

だが、そんな父親二人に、

「よくはござりませぬ」

と、横手からぴしゃりと言ってきたのは、十左衛門の妹・咲江であった。

「今日からは、はっきり養子となったのですから、伯父上がことも『父上』と、間違えずお呼びなさい。いいですね、笙太郎」

「はい。申し訳ございません……」

母親に叱られて、笙太郎はますます硬くなったようである。

そんな妹ら母子《おやこ》の様子に笑いながら、十左衛門はこう言った。

「おうおう。相も変わらず、おまえは母上にそっくりだな」

決して「おとなしい風情《ふぜい》の女人」ではなかった母親を懐《なつ》かしく思い出して、つい口にしたのだが、どうやらこれは母親似の妹の逆鱗《げきりん》に触れたようだった。

「兄上も、やはり父上とよう似ておられて、そうして妙に大様《おおよう》なところがおありでございますね」

「…………？」

意味が判らず、十左衛門が目を見開いていると、咲江は二人きりの兄妹どうしらしく、遠慮もなく言ってのけた。

「父上はいつも他人《ひと》には真摯《しんし》でおられましたのに、ご自分や家族のことには、あまり頓着《とんじゃく》なさらずに適当なところがございました。兄上も『大様《おおよう》』といえば聞こえはようございますけど、ちと『暢気《のんき》』でいらっしゃるのでございますよ」

「これ、咲江！　口が過ぎるぞ」

横手から夫の山岸に戒《いまし》められて、「すみません……」と、咲江もさすがにしゅんとしてうつむいたが、まるで親に叱られた幼子が言い訳でもするように、ぼそぼそと言い出した。

「兄上ももう四十六におなりなのですもの……。そうでなくても一日の非番もなくてお身体を休める暇がないというのに、他人《ひと》をかばって煮え湯をかぶるなどと、ご無体《むたい》も大概《たいがい》にしていただかなくては困ります」

そう言うと、咲江は半ば後ろを向くようにして顔をそむけて、そのままスッと立ち上がった。

「おい、咲江？」

十左衛門が声をかけると、咲江はこちらを向かぬままでこう言った。

「兄上がもう無茶をなさらないよう、姉上さまに、見張りをお願いしてまいります」

心なしか、声が震えているようである。咲江は足早に、襖《ふすま》を開けて座敷を出ていった。

「咲江……」

十左衛門がそんな妹の後ろ姿を見送っていると、前で山岸が言ってきた。

「このところ、時折あの『流行り風邪《はやりかぜ》』のことを、口に出しておるのでござるよ」

「『流行り風邪』というと、二十年前の『あれ』を？」

「さよう……」

山岸はうなずくと、ちと言いづらそうな顔になった。

「当時は『江戸城《しろ》でも流行り風邪が出ている』と、さんざんに噂があったゆえ、義父《ちち》上《うえ》にもお当番を休んでいただけるよう、義母上《ははうえ》がお願いなさっておられたらしいのだ。したが……」

その先を言いづらそうに止めてしまった山岸に、「はい」と、十左衛門はうなずいて見せた。

「拙者も、あの当時のことなら、用人や女中たちからあれこれと……」

話は二十数年前の、江戸市中にさんざんな被害をもたらした「流行り風邪」のことである。

十左衛門はまだ『使番《つかいばん》』で、当時はちょうど上様の命《めい》を受けて大坂《おおさか》に使いに出ており、江戸の惨状を知ったのは、「両親ともに流行り風邪で亡くなった」という急報を受けてからだった。

当時、四十代半ばであった十左衛門らの父親は、役高・二千石の『新番頭《しんばんがしら》』を務めていたのだが、城内にも風邪が蔓延《まんえん》していると噂を聞いた母親が、「どうかお願いでございますから、お勤めは休んでくださいまし」と懇願するのを振りきって、登城し続けていたらしい。

『新番』は城内を護る番方の一つで、上様がどこかにお出かけになられる際は先駆を務めるのだが、通常は『土圭之間《とけいのま》』という中奥《なかおく》への出入口の座敷に詰める、いわゆる近衛《このえ》の兵なのである。

中奥というのは上様が平常お使いになられる場所で、執務室ばかりではなく、居間や寝間《ねま》なども含まれるため、その中奥への通行を見張る『新番方』の頭《かしら》として、日頃から十左衛門の父親は、それ相応の自負を持っていたのだ。

「のちに知己《ひと》から当時のご城内の様子を聞いたのでござるが、どの役方も病欠ばかりで人手が足りぬようになり、新番方もあちこちの組で番士が足りず、寄せ集めのごとくになっていたそうでしてな。おそらくは、実情、父も休む訳にはいかなんだものかと……」

「さようでござろうな」

城勤めの幕臣どうし、山岸も大きくうなずいたが、先を続けてこう言った。

「いやしかし、やはりそこが妻や娘の身となれば、なかなか納得はいかぬようでな。

『義父上が当時お役目を休んで、城に行かずにいてくれていたら』と、今でも折々、さように考えるらしい」

当時、咲江は次男を懐妊していたため、「娘たちに風邪を移す訳にはいかないから」と、十左衛門の両親はあえて山岸家には報せずにいて、「妹尾家《そちら》のほうは、大丈夫でございましょうか？」と実家を案じて使いを出してきた娘にも、「平気だ」と嘘をついたのであった。

「さよう。当時、大坂から戻ってすぐに咲江から話を聞かされて、兄妹二人『お互いに、少しも両親《おや》の役に立てなんだ』と、ずいぶんと泣き申した」

「…………」

山岸は言葉もなくうなずいていたが、つと、まるで妻の咲江に頼まれたごとくに、話を結んで言ってきた。

「ゆえに咲江は、大火傷《やけど》をなされた十左衛門どのの御身《おんみ》が、案じられてならぬのでござろう。儂《わし》がことも、日光へ発つ際《とき》などは、あれやこれやと心配でたまらぬようでな。お互いに我らも寄る年波ゆえ、咲江がためにも、せいぜい身体《からだ》をいとわねばの」

「まことに……」

そんな話を十左衛門と山岸で長々していたものだから、山岸家長男の謹一郎以下、妹尾家側に並んだ笙太郎も、山岸家の四男・彦之進も、すっかり聞き入っていたらしい。皆しんみりとして、食事を取る手も止まっていたようだった。

見れば、皆の膳の世話をしていた若党の路之介《みちのすけ》までが、神妙な顔つきになっている。

「……ああ、いや、すまぬ。せっかくの祝いの席だというに、ちと湿っぽくなってしもうたな」

十左衛門が甥っ子たちを見渡して、

「ほれ、まあ、いいから喰え」

と勧めていると、廊下で「まあ！」と咲江らしき声がして、続いて今度は襖を開けて義弟の斗三郎が顔を出してきた。

「おう、来たか、斗三郎」

「はい。遅れて申し訳ござりませぬ」

入り口でまずは控えて、山岸家の一同と笙太郎に向けて、ていねいな挨拶をしたが、最後に十左衛門のほうに向き直った顔は、日頃に見る目付方の者の顔になっていた。

「実は義兄上《あにうえ》、私ちと、厄介《やっかい》な拾い物をいたしまして……」

「拾い物？」

「はい。おそらくは、幕臣の武家の子であろうと思われるのですが、昌平橋《しょうへいばし》の上で私が見かけました時には、すでにあちこち傷や痣《あざ》だらけでございまして、聞けば『両国《りょうごく》の広小路《ひろこうじ》で、大八車に轢《ひ》かれた』と……」

「広小路で轢かれた者が、昌平橋においたのか？」

「はい。『広小路から、柳原通りを歩いてきた』と、当人はそう申しておりました」

「…………」

十左衛門は、目を丸くした。

両国の広小路から昌平橋まで来るには、神田川に沿って長く続く柳原通りを、何町にも亘《わた》って歩かねばならない。大人の脚でも、そこそこに時間のかかるその距離を、荷車に轢かれた身体で歩いてきたというのが、十左衛門には、どうにもピンとこなかった。

「して、その子は、何という武家の子なのだ？」

「それが……」

と、斗三郎は、急に声をひそめて、こう言った。

「当人は『自分が判らぬ』と申すのです。名も判らず、住処《すみか》も判らずで、ただもう、ふと気づいたら、広小路で荷車にあたっておったと……」

「…………？」

どうもあまりに腑に落ちない話で、十左衛門が言葉を失っていると、斗三郎はまたとんでもないことを言い出した。

「いや、実は昌平橋で見かけた時なのでございますが、欄干から身を乗り出しておりまして、どうやら身投げをしようとしていたのではございませんかと……」

「えっ、身投げでございますか！」

驚いて黙っていられなくなったのは、十左衛門の横の笙太郎である。

その三男を、間髪《かんはつ》容《い》れず、咲江が叱った。

「これ、笙太郎！　お勤めのお話に、おまえなんぞが口をはさんではいけませぬ」

「はい……」

とたんにしゅんとなった今日の主役に、十左衛門は真摯な顔でこう言った。

「すまぬな。幕臣の子の身投げとなれば、目付としては、放っておく訳にはいかぬ。この先は、お父上や母上とともに、ゆるりと過ごしてくれ」

「はい」

笙太郎はうなずいたが、「ゆるりと一緒に過ごすように」と言われても、その母親はいまだ自分をにらんでいる。

そんな一部始終を、前に座している山岸は笑って眺めてくれていて、相も変わらず穏やかで優しい山岸に無礼を詫びると、十左衛門は、その少年が待つという玄関へと斗三郎とともに急ぐのだった。

二

祝いの宴はお開きになり、ほどなく妹尾家に出入りの町医者・井坂筒伯《いさかとうはく》がやってきて、さっそく少年を診《み》てもらうことと相成《あいな》った。

「いや、これはたしかに……。いかにも荷車か何かに当たったような、怪我の具合でございますな」

少年の身体には、打ち身や擦《す》り傷、切り傷などがあちらこちらにできていて、筒伯はその一つ一つに、相応に、軟膏《なんこう》を塗ったり、膏薬《こうやく》を貼ったりと、手当てをしていった。

「頭に瘤《こぶ》がございますゆえ、こちらのせいで、記憶がとんでいるのやもしれませぬが……」

少年の頭を隈《くま》なく調べていた筒伯がそう言って、瘤を十左衛門に見せてきた。

「ほう。これでござるか……」

だが「瘤」とはいっても、素人目《しろうとめ》に見るかぎりでは大したものとも思えない。こんな瘤一つができる程度の衝撃で、はたして記憶がなくなってしまうものなのかと怪訝《けげん》にその瘤を眺めていると、

「また明日にでも、様子を見させていただきましょう」

と、筒伯は、早くも治療道具を片付け始めた。

「して、妹尾さま。ちと別件ではございますのですが、ご相談をばさせていただきたいことがございまして……」

そう言いながら筒伯は、まるで「奥の座敷に通してくれ」とでもいう風に、ちらりちらりと屋敷の奥の方角に目を走らせている。

これはもう、この少年について何ぞかあるに違いないと、十左衛門は筒伯の誘いに乗った。

「さようでござるか。なれば、奥にてうかがおう」

と、立ち上がりかけて、

「おう斗三郎、そなたも、ともにお話をうかがってはくれぬか」

「はい。では……」

勘のよい斗三郎は、すでに心得ているようである。

「なれば、路之介。少年《こちら》を風呂に、案内してやってくれ。笙太郎、そなたもともに、客人の世話を頼むぞ」

「はい！」

「心得ましてございます」

笙太郎と路之介は張り切って返事をし、路之介の案内で、三人は風呂のほうへと向かっていった。

その子供ら三人を見送ると、

「では、筒伯どの。こちらへ……」

と、十左衛門は彼らに話を聞かれる心配のない奥座敷に導くのだった。

「『記憶がない』と申しますのは、まず嘘でございましょうな」

奥座敷で向かい合うやいなや、筒伯医師は決めつけた。

「やはり、さようでございますか……」

そう言ったのは、少年を連れてきた当人の斗三郎である。

「いやそれが、昌平橋の上にて声をかけました時に、どうにもこう話が嚙み合わぬと申しましょうか、『荷車に轢かれたのは広小路だ』と、はっきりと申しますわりには、名も住処も判らずでございますので……」

　だが一方で、昌平橋から身投げをしようとしていたのは本当で、斗三郎の目には、いかにも危うげに見えたという。

「そうはっきりと欄干を乗り越えようとしていた訳ではございませんが、欄干の下の桁《けた》に足をかけ、川の水面を覗き込んでみたり、またつと顔を上げて考え込んだりしていたものでございますから、これは危ないのではないかと……」

「いやさよう、おそらくは、そうしたものでございましょうな」

　もう六十はとうに過ぎたであろう筒伯医師は、診療経験の豊富さを改めて披露して、こう言った。

「『荷車に轢かれた』と、ここまでは覚えていても別に妙ではござりませぬが、その場所を『両国の広小路』と、町名をはっきり知っているということからして、やはり『記憶がない』と申しますのは、眉唾《まゆつば》でございましょうて」

「はい」

　と、斗三郎もうなずいた。

「そういえば『轢かれた後はどうした？』と訊ねましたら、『もう自分が誰なのか、どうしてここにいるのか判らなくなったから、困って、川沿いの道を歩いていた』と、そう申しました」

「おう、そうだそうだ。さっきも儂が『それは柳原通りか？』と訊ねたら、『どこかは判らないのでございますが、川沿いに柳があって……』と答えておったな」

「ほう……。なれば、決まりでございますな」

得意げにそう言ったのは、筒伯医師である。

「轢かれた場所を『両国広小路』と申したくせに、『柳原通りが判らない』というのですから、おそらくは『あまりしっかり頭が働いているようでは、まずかろう』と思い直してそう申したに、違いございません」

「うむ……。なれば、何ぞか事情《わけ》があり、家を出て、死のうとしていたということか」

十左衛門の言葉に、筒伯も斗三郎もうなずいている。

「ですが、妹尾さま。ああした者は、ここで強く糾弾《きゅうだん》して家に戻そうとなどいたしますと、またぞろ死のうといたすやもしれませぬ。しばらくは、こちらが騙《だま》されたふりをしたほうがよろしいかと……」

「いや、筒伯どの。なるほど、それで、あの瘤か！」

さっき筒伯が小さな瘤を見せてきたのを思い出して十左衛門が笑い出すと、筒伯も笑ってうなずいた。

「あの瘤一つで大人《こちら》を騙せたと思えば、安心いたしますものかと」

「いや、まことに……。なれば筒伯どの、明日もまたよろしゅう……」

「はい」

少しく自慢げににっこりとして、筒伯は帰っていった。

「では、義兄上《あにうえ》。私はさっそく両国の広小路に参りまして、まことにさような事故《こと》がありましたかどうか、ちと聞き込んでまいりまする。その上で、身元を探るべく、足取りを……」

「うむ。頼む」

「はい」

斗三郎は立ち上がり、そのまま座敷を出かけたが、そこでつと振り返ってきた。

「今日は大事な笙太郎さまの祝いの席だというのに、打ち壊すような真似をいたしまして、まことに申し訳ございません」

「ん？」

見れば、斗三郎は本気の体《てい》で、すまなそうに目を伏せている。

その義弟に、わざとからかうような調子で、十左衛門は言った。

「斗三郎。そなた、まさか本気で気にいたしておるのか？」

「…………」

声にはしないが、うなずいて、斗三郎は先を続けた。

「山岸さまにも、咲江さまにも、まことにもって申し訳なく……」

「さようなこと、誰も気にしてなどおらぬわ」

カラカラと笑うと、十左衛門は思い出して、話し始めた。

「いや、さっき帰りしなに咲江にな、『笙太郎が間に合って、ほんとにようございました』と、そう言われたのだ」

「………？」

意味が判らず、目を見開いている斗三郎に、十左衛門はまた笑った。

「与野が元気でおった頃、そういえば咲江はよう、子たちを連れて里帰りをいたしておってな。儂はたいてい城にいて、おらなんだゆえ、あまり見たことはなかったが、どうもなかでも笙太郎は、赤子の頃に、与野にようあやしてもらっていたらしい」

「いや、さようにございましたか」

嬉しそうに目を上げてきた斗三郎に、十左衛門はうなずいた。

「何でも笙太郎は格別に、ようぐずる赤子だったようでな。それでも与野が抱いてあやすと、泣き止んで寝たそうだ」

そんな昔があったから、咲江は「是非、笙太郎を……」と考えていたそうで、なのに十左衛門がいっこう養子を決めようとしないから、妹尾家にやるのが笙太郎ではなくて四男の彦之進になるのではないかと、正直やきもきしたらしい。

「さっき帰りがけに、だいぶねちねちと言われたぞ」

「さようにございましたか……」

斗三郎は、ふっと顔を伏せた。

「有難う存じまする……。では」

亡き姉を思い出したのであろう、座敷を出ていった斗三郎の目尻が光ったような気がして、十左衛門はしみじみ義弟を見送るのだった。

三

斗三郎が連れてきた十五、六と見える少年は、十左衛門ら大人たちの知らぬ間に、「太郎《たろう》どの」と仮の名をつけられていた。

呼び名を決めたのは、笙太郎である。

さっき十左衛門に命じられて張りきって、「客人」の少年を連れて風呂場へと着くやいなや、笙太郎が言い出したものだった。

「御名《おな》がないと、やはりお話もできませぬ。不躾《ぶしつけ》ではございますが、『太郎どの』ではいかがでございましょう？」

少年に「否や」はなかったようである。

すでに風呂にも入れ終えて、着物も「歳格好が同じだから」と笙太郎が自分の着物を貸してやり、今、笙太郎と路之介はくだんの「太郎どの」を囲んで、あれやこれやと三人で話し始めたところであった。

「では、大八車の荷物に、頭をぶつけたのでございますね？」

まるで目付方の仕事の訊き込みのように路之介が質問すると、「太郎どの」はうなずいて、真剣な顔でこう言った。

「ぶつかって、轢かれそうになって、倒れて、私の上に大八車の荷が落ちてきたのは覚えているのでございますが、その前がいっこう判りません。どうしてあんなところにおりましたものか……」

「さようでござるか」

急に大人たちを真似してそう言ったのは、笙太郎である。

「して、太郎どの。そなたはどうして橋の上に行かれたのでござる？　昌平橋を渡って、どこぞに帰ろうとしたのではございませぬか？」

「いや、別に、そうした訳では……」

太郎は首を横に振った。

「行く当てもございませんし、ただそのまま通りを歩いておりましたら、橋に出たのでございます。それで渡ってみましただけで」

「では別に、橋に見覚えがあった訳ではございませんので？」

「はい。いっこうに……」

「………」

早くも質問が行き詰って、笙太郎は困って、横にいる路之介を振り返った。

笙太郎と路之介とは、かねてよりの顔見知りである。山岸家の子供たちは、昔から母親とともによく伯父の家に遊びに来ていて、ことに正月や法事の際には欠かさず妹尾家を訪ねてきていたから、若党の路之介とも何やかやと話をしたりしていたのだ。

「両国の広小路におられたということは、もしやして深川《ふかがわ》のほうから橋を渡ってこられたのやもしれぬな」

笙太郎が精一杯の知識を口に出すと、日頃あまり屋敷の外に出ない路之介は、本気で感心したようだった。

「深川というのは、八幡《はちまん》さまがあるという、あの深川にございますか?」

「ああ。大川《おおかわ》に架かる長い両国橋を渡ると、その向こうは深川だ」

「両国橋……」

路之介は、橋の名前を繰り返した。「両国橋」というのが、とても長くて大きい橋だということは、妹尾家のほかの若党や中間《ちゅうげん》たちから聞かされたことがある。

幸せとは言い難い幼少期を送った路之介は、妹尾家に若党として引き取られる前から、ほとんど外を出歩いたことがなく、若党や中間たちが教えてくれる江戸市中のあちこちの名所に憧れを抱いていた。

「うっ……」

と、突然、嗚咽《おえつ》のような声をあげてきたのは、くだんの「太郎」である。

「え?　太郎どの……」

「うっ、う……」

声をかけられて、よけいに込み上げてきたのかもしれない。太郎は派手に泣き出して、もう涙が止まらないようだった。

まるで自分が泣かせたような形になり、どうすればよいのか途方に暮れて、笙太郎は黙り込んでしまった。

「太郎さまは、大丈夫でございますよ。いつかはきっとご自分が誰なのか判ります」

いきなりそう言い出したのは、路之介である。

「私の家は家禄二百石の旗本でございましたが、父が不正を行って、切腹となり、家も取り潰しになりました。ですからもう私には、生涯、帰る家はございません」

「…………」

あまりの話に驚いて、太郎は声も出ないようである。

だが一方、笙太郎は、路之介の事情についてはすでに母親から聞かされており、また逆に路之介のほうも、自分が罪人の子であることを山岸家の者たちが承知しているのを知っていた。

「路之介……」

笙太郎がそっと手を伸ばして背中を撫でてやると、路之介は振り返って、しっかりとうなずいて見せてきた。

「有難うございます。でも私はもう、大丈夫でございますから」

「そうだな」

路之介が、今やすっかりこの家に馴染んで、妹尾家の若党として自負を持って日々勤めていることは、誰もが知っていることである。

笙太郎は背中を撫でていた手を引っ込めて、路之介にうなずき返していた。

そんな二人を、太郎は涙で汚れた顔のまま、じっと見つめるのだった。

四

一方、少年の身元や事情を解明するため、両国の広小路から調べを進めていた斗三郎は、二日目にして早くも行き詰まりを感じていた。

少年と大八車の接触事故は、たしかにあった。『干鰯《ほしか》』といって、鰯《いわし》を干して固めた肥料を運んでいた人足たちが、少年に後ろから突っ込んでいったというのだ。

両国の広小路には、持ち運びのできる屋台店や簡易な小屋がけの店などが、広場となった「広小路」をぐるりと囲うように建ち並んでいて、必定《ひつじよう》、事故を目撃した者は、斗三郎が期待した以上に多かったのである。

その多数の目撃者の話を統合すると、どうやらあの少年は、通行人があちらへこちらへと縦横無尽に行き渡る広小路の真ん中で突っ立っていたらしく、そこに木箱を山積みにした大八車が行きかかり、その荷物で少年の姿が見えずにいたか、少年の背中に突っ込んでいったというのだ。

「では、なにか？　その武家の子供は、どこに行く風でもなく、かなりの間、広小路の真ん中で突っ立っていた訳か？」

目撃したという町人の一人、小屋がけの団子屋の主人に斗三郎が訊ねると、五十は過ぎているだろうその親仁《おやじ》は、「へえ」と大きくうなずいた。

「とにかくもう、ぼーっとあそこに突っ立ってらしたんで……。それでもまあ、さすがにあの小さいお武家さんも、当たろうってぇ寸前には、気づいちゃいたみてえでごぜえやしたが……」

避《よ》けかけたようだが間に合わず、荷車の横っ腹にぶつかって倒れて、そこに荷車が横倒しになりかけて、それを慌てて人足たちが押さえたら、荷台から積荷が崩れて、少年の上に落ちかかっていったという。

「『こりゃ、いけねえ！』ってんで、あっしや、うちにいたお客さんや、あれこれ方々《ほうぼう》から駆け寄って、夢中で木箱を退《ど》けてったんでござんすが、幸い中身が干した鰯で、さほどに重かァござんせんで……」

「ほう。それゆえ、ああして怪我が軽かったということか」

「へえ。ただ、ありゃァ結構な臭《にお》いでごぜえやした。木箱から、ばらばら鰯が散っちまいやしてね。荷車の連中が、あとで必死に掻き集めておりやしたが、ああも土まみれじゃ、売り値はぐんと下がりやしょう」

「いや、さようであったか……」

どおりで、あの少年に昌平橋で会った時、何だか薄っすら妙な臭《にお》いがした訳である。

「して、あの子供が、どちらの方角からここに来たかは判らぬか？」

「ああ……。『自分が誰か判らねえ』ってんだから、そこが大事《でえじ》でごぜえやすねえ」

親仁はそう言って、さして広くもない店の奥を振り返ると、ついそこにいた女房らしき女に改めて訊ねた。

「おい、お駒《こま》。おめえ、どっから来たか、見なかったか？」

「見るわきゃないでしょ。見てたら、とうに、あんたじゃなくて、お役人さまに話してますよ。ねえ、お役人さま」

「ははは」

斗三郎は、眉尻を下げて笑い出した。

「いや、ご亭主。こりゃ一本、ご妻女に取られたな」

「ちぇっ……」

口を尖らせている亭主をなだめて、斗三郎は聞き込みの礼代わりに、団子を二十本ばかり土産《みやげ》に包んでもらうと、店を出た。

この店の親仁のおかげで、他の目撃者からは聞けなかった事故の詳しい様子が判ったが、さりとてやはり、あの少年がどこから来たのか、その方角さえも判らず終《じま》いなのである。

この案件は、記憶喪失だと主張する少年が一人、身元が知れず、義兄の屋敷に預けられているというだけで、何らの重大な事件が起こっている訳ではないから、斗三郎は配下の者たちを一人も使わず、昨日、今日と自分一人だけで調べている。

それでもあの少年をそのままに放っておけない理由は、少年が幕臣の子であろうと予想されるからだった。

江戸にはむろん、あの年齢の子供など、幾らでも歩いている。

だが、たとえば、道で一瞬すれ違っただけだとしても、着ている着物や髪形《かみかたち》、話す口調などをその気になって観察すれば、その子がどんな身分の者なのかぐらいは、容易に見て取れるのだ。

斗三郎が、昌平橋であの少年を見た時に、瞬時に「あれは、幕臣の子ではあるまいか?」と考えた理由は、少年が着流し姿ではなく、転んだように土にまみれてはいたものの、きちんと折り目もついていたのであろう袴《はかま》を着けていたからである。

そうして橋の上で声をかけ、少年の物の言いようを聞いた時、「ああやはり、これはしっかり武家の子として躾《しつけ》がされた、幕臣の子なのであろう」と、そう読んだ。

おまけに話を聞けば聞くほど、少年はいかにも何か事情を抱えている風で、これが本当に幕臣の家の者なら、目付方としても放っておいてはいけない武家の御家《おいえ》問題が存在するかもしれないのだ。

そして何より、自分がいきなり連れ込んでしまった少年を、あのままずっと、義兄の屋敷に預けておく訳にはいかなかった。

だが今日も一日、身元の割り出しに役立つ情報は得られないままに、日が傾きかけている。

これから土産の団子を持って、義兄の屋敷に寄り、とりあえずここまで判ったことを報告しなければならないが、正直あまりの進展のなさに、妹尾家に向かうにも気が重い。

だが朗報は、実に思わぬ人物から十左衛門のもとへと、もたらされていたのだった。

五

「おう、斗三郎。ようやく来たか」

明るい顔で迎え入れてくれた義兄の横にいたのは、目付の佐竹甚右衛門であった。

佐竹は十人いる目付のなかでもただ一人、「勝手掛《かってがかり》」といって、『勘定方《かんじょうがた》』の監察を専任にしている者である。

幕府の財政を担う勘定方のなかに、不正や怠慢《たいまん》が出てはいないか、また怠慢ではなくても、仕事の仕方が著しく不効率になって、勘定仕事に間違いや遅れが出てはいないかと、日常的に目を光らせているのが佐竹の役目なのである。

その佐竹が、斗三郎が座敷に入ってくるやいなや、あの少年の姓名をピタリと言い当てたので、斗三郎は仰天した。

「あれは『甲山太治郎《こうやまたじろう》』と申して、平勘定《ひらかんじょう》の見習いの一人だ」

「えっ？　いや、ですが、あれはどう見ましても、まだ十四、五というところかと……」

実際には、生まれた年の分を「一歳」と数えるから、出生してまだ十三、四年というところ。いくら見習いとはいえ、幕府の財政を預かる勘定方で大人たちに混じって仕事をするには、早すぎるように感じられた。

「おう、それよ、それ……」

横手から、十左衛門が笑って口を出してきた。

「いや儂もな、見た目ですっかり騙されたが、あれでもう十七になるそうだ」

「え……」

と、斗三郎は絶句した。

少年は十五歳の笙太郎と比べても、背丈も肩幅も小さいほどで、とてものこと十七歳になっているとは思えない。

それでも「あっ」と、一つ思い当たる節があって、斗三郎は顔を上げた。

「『丈夫届《じょうぶとどけ》』で、歳を幾つか盛っているのでございますね？」

「さよう。今、儂も佐竹どのと、その話をしておったところよ」

幕府では幕臣の武家に、『丈夫届』という形での子供の出生届を認めている。

たとえば、今話題に上《のぼ》っている甲山家が太治郎の丈夫届を出すとしたら、

「我が甲山家には、今年十二歳になった太治郎と申す長男がおりまして、無事、健《すこ》やかに育っておりまする」

というような文面で、幕府に太治郎の出生を報告すればよいのだ。

だがこれは、裏を返せば、子供の歳をある程度まではごまかせるということである。

そもそも幕府は武家の当主が十七歳にならないうちに死去した場合には、死去直前の急な養子縁組を認めないという形を取っている。それゆえ武家は、男子が生まれた場合には、えてして実際の年齢よりも一つ、二つ上として丈夫届を出すのが当たり前になっていた。

「おそらくは甲山も、幾つか歳をたばかって、太治郎の届を出したのであろう。それゆえ同じ十七歳《じゅうしち》でも、ほかの二人の見習いよりも何かと立ち遅れておるのだろうさ」

「一人だけ、立ち遅れているのでございますか？」

十左衛門の言葉のなかに、昌平橋から飛び降りようとした原因を見た気がして、斗三郎は目を見開いた。

「もしや、それは自分の将来《さき》を悲観して、橋から身投げをしようとするほどにてございましょうか？」

身を乗り出して訊いてきた斗三郎に、だが佐竹は、

「さほどではあるまい」

と、首を横に振って見せた。

「たしかに何を任せても、同時期に見習いに入った他の者よりは倍ほども時がかかるという話だが、さりとて、できぬという訳ではないらしい。ただ太治郎が、よけいに悪目立ちをする原因《わけ》は、太治郎の父親がきわめて『出来の良い』組頭だからであろうな」

太治郎の父親である四十二歳の「甲山弥右衛門《やえもん》」は、もう六年も勘定方で組頭を務めている優秀な男であるという。

ゆえに弥右衛門の息子である太治郎が「見習いに入る」と決まった時には、「どんな切れ者が来るのか？」と、勘定方ではさまざま噂の的《まと》になっていたらしい。

「それがどうやら『さほどでもない』ばかりか、『出来が悪い』という話になって、当人にとっては、とんだ災難だったということだな」

佐竹は話をそう結んだが、太治郎に直接関わった斗三郎には、まだ解せないことが幾つもあった。

「して、甲山太治郎はこの二日、見習いの勤めも休み、自分の屋敷にも帰らずにいて、それで問題《さわぎ》になったということでございましょうか？」

目付の佐竹が、こうして「ご筆頭」の屋敷にまで出向いて、太治郎の話をしていたというのだから、勘定方では「甲山太治郎が行き方知れずになった！」とでも噂になり、その騒ぎが佐竹の耳にも入ったということであろう。

そう考えて、今、斗三郎は訊いたのだが、佐竹の代わりに答えてきた十左衛門の話は、ちと意外なものであった。

「いや、太治郎が勤めを休むについては、親の弥右衛門から『ちと重き病にて、長く寝付いておりまして……』と、すでに半月ほど前から病《やまい》の届が出ていたそうだ」

「えっ、『半月』でございますか？」

「さよう。つまり太治郎は、そなたに拾われてここに来るまで、およそ半月ほども城勤めを休んでいたということだ」

「いや、そうでございましたか……」

実際、ここに来るまでは、想像もしていなかった話ばかりである。

斗三郎は、あれやこれやと頭のなかで、考えを整理した。

「しかしながら、太治郎のあの様子を見るかぎり、『重き病』ということもございますまい。現にああして荷車に轢かれかけても、ピンシャンいたしておりますし……」

「いや橘、そこなのだ」

横手から割り込んできたのは、佐竹甚右衛門である。

「さっき城から妹尾家に来て、太治郎には儂が来たことを知られぬように、遠目から面体《めんてい》を確かめてみたのだが、まことそなたの言うように、半月も休んでおったというにピンシャンといたしておってな……」

そもそも佐竹が妹尾家に来ることとなったのは、今日、昼下がりに目付部屋で「ご筆頭」の十左衛門を相手に、勘定方の新しい見習いについて報告をしたからであった。

「平勘定の見習いは、随時ああして入っては来るのだが、そのすべてが役に立つという訳ではなくてな……」

俗に「平勘定」といわれるのは、勘定方のなかでもまずは中堅の格といえる、役高・百五十俵の下級旗本の就くお役である。

幕府の会計仕事を細かく分科しながら、すべて財政に関わることは勘定方がこなしているため、平勘定に定員はないが、今は百七、八十人はいるはずだった。

そうした平勘定や、その上役である勘定組頭には、自分の跡継ぎである倅《せがれ》を「勘定見習い」として、まだ自分が現役のうちに勘定方に出仕させることが許されていた。

こたびの太治郎ら三名も、その制度で入ってきた見習いである。

勘定見習いには、役料として百俵が下されることになっている。つまりは見習いといえども禄《ろく》までいただく城勤めの役人であり、「病だから……」といって半月もの長い間、平然と勤めを休んでいいはずのものではなかった。

「おまけに近頃では父親の弥右衛門までが、ちと様子がおかしゅうてな。どうも日々寝足りておらぬのか、昼なども飯を喰わずに寝ておったり、立ち眩《くら》みで始終よろけたりいたしておるそうなのだ」

「ではまさか、その半月もの間、息子の太治郎が出奔《しゅっぽん》して行き方知れずにでもなっていて、それを案じて秘かに探しまわっていた父親が、さように疲労困憊《こんぱい》しておったということで……」

ようやくこの案件に答えが見えかけてきて、斗三郎がつい先走ると、そんな義弟を抑えるように、十左衛門がこう言った。

「だが万が一ではあるが、ああして見た目には元気なようでも、何ぞ医者でも治せぬような『不治の病』ということもある。その病に悩んで、自ら命を絶とうとしたなら、おぬしが橋で太治郎を見た通りということになろう」

「はい……」

と、斗三郎は、義兄の言わんとするところを読んで、先を続けた。

「なれば、やはりいま少し事実が判るまでは、こちらはまだ太治郎の身元をつかめていないふりをして、このまま様子を見たほうがよかろうと……？」

「うむ。佐竹どのもな、これまで通り、勘定所で弥右衛門に会うても、知らぬふりをしてくださるそうだ」

「はっ」

と、斗三郎は平伏した。

「なれば、これより配下の者にも命じまして、甲山の家の者には知られぬよう、甲山家の内情をば探ってまいりまする」

言うが早いか、斗三郎は座敷を出ていった。

「いや、ご筆頭。存外『義弟どの』は、せっかちでございますなあ」

残念そうな声を出したのは、佐竹甚右衛門である。

「さよう……。あれは十五、六の若い頃から気が利《き》きすぎて、何にせよ、早々と手配をつけようとする癖があるのでござるよ」

十左衛門も、答えて不満げに、こう言った。

「もうすでに日も暮れたゆえ、たまには佐竹どのと三人、ゆっくりと飯でも喰うて、酒も飲もうと思うていたに、まこと、勘の鈍《にぶ》い奴めが……」

現に今、この客間には、三人分の膳が揃えてあるのだ。

「これに気づかぬということは、結句、あやつは気が利かぬのやもしれぬな」

この調子で、しばらくは斗三郎を肴《さかな》に、佐竹と酒を酌み交わすことになりそうである。

大事な客と大事な話をしているから、皆、十左衛門《こちら》が呼ぶまでは、この座敷には近づかないようにと、今日は路之介をはじめとした家臣たちにも人払いをかけてある。

十左衛門は佐竹と二人、年齢《とし》の近い者どうし、心置きなく話し始めるのだった。

六

その晩のことである。

若党の路之介と別れて、「太郎どの」を連れて自分の寝間へと戻ってきた笙太郎は、その太郎から思いがけなく、路之介のことについて訊かれていた。

「路之介どののお父上は、何の不正をなさったのでございますか?」

「…………」

笙太郎は、訊かれて、顔を曇らせた。

別に自分のことではないが、こんな風にいきなり土足でズカズカと踏み込まれて、嫌な気分になったのである。

だが次の瞬間、笙太郎の脳裏には「義父上《ちちうえ》」の顔が浮かんでいた。

自分と路之介の二人は、「太郎どのから片時も目を離さぬように……」と、言いつかっているのだ。そうして、なぜ目を離してはいけないのかといえば、それは太郎が昌平橋で死のうとしていたからだった。

つまり太郎が身投げまでしようとしたその事情《わけ》を、自分が訊き出せばいいのである。その内輪話を引き出すには、今が絶好の機会かもしれなかった。

路之介には、明日にでも理由《わけ》を話して、こちらが勝手に路之介の家の仔細を太郎に聞かせてしまったことを、誠心誠意、詫びればよい。いざ、それを言い出すには、ひどく勇気が要るだろうが、路之介はきっと判ってくれるだろうと、そう思うことにした。

「御家《おいえ》の跡継ぎについての不正にござるよ」

「え……」

何やら急に顔色を変えてきた太郎を尻目に、笙太郎は、わざと何ほどもない口調で話し始めた。

「路之介どののお父上は、跡継ぎに『路之介どの』というご立派なご子息がいるというのに、遠縁の七百石の他家から養子を取って、持参金をせしめようとなさったのだ」

「えっ、でも、それで、路之介どのは？」

「…………」

あぶれた路之介はどうしたのか、と訊きたいのであろうか。

それとも、実際には存在する息子の路之介を父親がどのように扱ったのか、とでも訊きたいのであろうか。

どちらにせよ、まるで路之介の心をえぐるような質問で、笙太郎は、いよいよ嫌になってきた。

「路之介どのをどうやって隠して、息子がいないふりをしたのかと訊きたいのでござれば、路之介どのに女子《おなご》の格好をさせて、すでに亡くなられた姉上さまのふりをさせたのでござるよ」

そこまで言って、わざとギロリと太郎の顔をにらむと、笙太郎は吐き捨てるようにこう言った。

「そのうえで、路之介どののお父上は、『この娘は身体が弱くて、いつ死んでしまうか判らないから、婿を取って家を継がせることもできない。だから養子を取らせて欲しい』とそう言ったそうでな。その嘘を目付の義父上《ちちうえ》が看破して、路之介どのを助けて連れてきたのだ」

「…………！」

　バッと太郎の顔色が一気に変わった。

「……私は、やはり死なねばなりませんのですね……」

「え？」

　見れば、太郎は崩れるように座り込んで、畳に両手をついている。その太郎の顔を下から覗き込んで、筆太郎は訊ねた。

「太郎どの、死なねばならないとは、一体どういう……」

「…………」

　と、太郎はいきなり畳に顔を突っ伏して、泣き出したようである。

「父上と、私とは、血が繋がっておりません。私が跡継ぎのままでは、父上は路之介どののお父上のように切腹になって、お取り潰しになってしまいますから……」

　そう口に出したら、もうたまらなくなったのであろう。太郎は畳の上で身をよじるようにして泣いている。

　その太郎に驚いて、筆太郎は茫然と見下ろすのだった。

七

翌朝のことである。

笙太郎の姿は、出勤前で忙しい「義父上」の居間にあった。

昨夜、寝間にて聞いた一部始終を、笙太郎は目付である父親に、すべて話して聞かせたのだ。

「なに？　なれば甲山太治郎は、弥右衛門の子ではないということか！」

「え……？　では、太郎どのはもう、身元が判りましたので？」

「うむ。昨日、目付の佐竹どのという御仁《ごじん》がいらしてな。そなたらの言う『太郎どの』が、甲山太治郎か否かを遠目ながら確かめてもろうたのだ。あの甲山太治郎は、すでに勘定方の見習いだぞ」

「えっ、見習い……？」

笙太郎は目を丸くした。

「では、あれで太郎どのは、お城勤めのお役人なのでございますか？」

「さよう。勘定方の見習いの役料は、百俵だ」

「百俵……」

笙太郎は、どうやら衝撃を受けたようだった。

「私のような歳の者でも、人によっては、さように幕府の御用をうけたまわって御禄《おろく》をいただけるのでございますね……」

とたんに自分が情けない存在に思えてきたのであろう。ついさっきまでは、太治郎の報告をして勇んでいたというのに、すっかりしょげ返っている。

その焦りは、武家を継ぐ男としては、好ましいものである。十左衛門は、しょげて目を伏せている笙太郎の肩を、ポンと明るく叩いた。

「そなたとて、あと数年もすれば、どこぞの番方に出仕することと相成ろう。それまでに番士として勤められるよう堅固な身体を作り、剣術や馬術と武芸の腕を磨いて、備えねばならぬぞ」

「はい！」

と、答えて、真っ直ぐな目を上げてきた「我が子」に、十左衛門は微笑《ほほえ》んだ。

「よし。なれば儂はもう、城へと参らねばならぬ。太治郎については、今、斗三郎が甲山の家の事情を調べている最中《さなか》ゆえ、まだ太治郎に知られてはならぬ。これまで通り、路之介とともに、『太郎どの』が自害などせぬよう、面倒を見てやってくれ」

そう言って十左衛門が、急ぎ居間を立ち去ろうとした時である。

「あの、義父上」

と、笙太郎が再び十左衛門を止めてきた。

「何だな？」

振り返ると、笙太郎は座敷の真ん中で、こちらに平伏している。そうしてその平伏の形のままで、こう言った。

「この手柄は、すべて私ではなく、路之介のものにてござりまする」

「…………？」

話の意外さに、改めて振り返ってきた十左衛門を前にして、笙太郎は目を上げた。

「昨晩遅く、私は、太郎どのが寝てしまうのを待ちまして、路之介の寝間を訪ねて、すべて話して聞かせたのでございます。聞き終えて路之介は、『ではさっそく明日の朝、殿にご報告を……』と、私にそう勧《すす》めてまいりました」

朝、殿はお忙しいが、奥の座敷でお支度を整えながらなら、必ず聞いていただける。太郎どののほうには自分が付いて、絶対にそちらへ行かないようにしておくから、笙太郎さまから是非にも殿へご報告をと、そう言ったというのだ。

「ほう。路之介が勧めたか……」

「はい」

　と、笙太郎はうなずいて、先を続けた。

「『妹尾は目付の家だから、もし太郎どのの御家に不正の疑いがあるのなら、このまま黙って太郎どのを匿《かくま》っておく訳にはいかない。すべて殿にお話しして、どうすればよいか、お訊ねしたほうがいい』と、そう申しました」

「して、笙太郎。そなた自身は、どう思っておったのだ？」

　十左衛門がきっぱりと訊ねると、笙太郎は再び畳に両手をついた。

「申し訳ございません。私は、『自分は死なねば！』と泣いていた太郎どのが可哀相《かわいそう》で、どうすればよいのか決めかねておりました」

「ふむ……」

　さしたる返事もしないまま、十左衛門はしばし黙って、平伏した笙太郎の背中を見据えていた。

　その沈黙が怖いのであろう。笙太郎は少しずつ、身体を縮めていくようである。

「相判《あいわか》った」

　突然にそう言うと、十左衛門はまた踵《きびす》を返して、襖のほうへと足を向けた。

「報告、ご苦労であったな。されば、さっき申した通り、甲山太治郎には以前の通りに接してくれ」

「はい。心得ました」

笙太郎の返事にうなずいて、十左衛門は急ぎ座敷を出ていった。

その義父上のお見送りをするため、笙太郎も、あわてて後を追っていく。

やはり「養子になる」ということは、山岸の家にいた時のようには、子供のままでいられないということなのだろう。

その寂しさと空恐ろしさに、笙太郎は、きゅっと胸を痛めるのだった。

八

笙太郎からの報告は、この一件の捜査を飛躍的に進める手助けとなった。

太治郎の言う「血の繋がった親子ではない」というのが、具体的にはどういう意味なのか判らなかったが、不正な養子縁組によく見られるのは、嘘の「丈夫届」を提出することだった。

跡継ぎにできる子供が自家に生まれず、さりとて親戚にも養子にもらえる子がない場合に、血縁関係のない子供を他家からもらったり、買い受けたりして、それに「丈夫届」をこしらえて、あたかも以前に自家に生まれていたように取り繕《つくろ》うのだ。

もし本当に甲山家が、血の繋がりのない太治郎を、平然と「跡継ぎ」として勘定方の見習いに出しているなら、必ずや、その証拠《あかし》を見つけて、厳しく糾弾しなければならない。

この案件が一気にきな臭いものになってきて、十左衛門は正式に佐竹や斗三郎とともに、一件を担当することとなった。

斗三郎が配下を使って手配をかけて、あれこれと探り始めて五日目、今日は昼過ぎから目付方の下部屋に集まって、斗三郎から報告を受けているところである。

「甲山の一家は五人、当主の弥右衛門に、嫡男の太治郎、あとは後妻と、その妻女が一月《ひとつき》ほど前に産みました赤子と、弥右衛門の母親でございました」

「ほう。弥右衛門は、後妻を貰《もろ》うておったのか……」

感慨深げにそう言ったのは、勘定方に詳しい佐竹である。

「いや、実は、昔まだ私が勘定組頭を務めておりました頃に、甲山は最初の嫁を貰いましてな。それがまた、歳も二つばかり弥右衛門より上で、おまけに『出戻り』でございましたので……」

「…………？」

と、一瞬、斗三郎が目を丸くした。

それはそうであろう。この一件の担当目付の一人となった佐竹が、そうして甲山家の事情の一部なりとすでに知っているのであれば、普通なら、当然それは斗三郎のほうにも報せが来るはずなのである。

だが佐竹は、目付方のなかでただ一人の「勝手掛」であり、普段は勘定方の目付役として忙しいから、こうした一般の案件はあまり担当したことがなく、捜査の「いろは」についても、必定、無頓着なのだ。

それでこうして何の不思議も感じずに、今になって、ここで平気で情報を出したに違いなかった。

気が付けば、十左衛門が少し笑っている。その義兄を一瞬にらんで、斗三郎は報告をつけ足した。

「その先妻は、『米田《よねだ》』と申す家禄二百五十石の家の娘だそうにございます。甲山の家禄が百五十俵でございますから、『格上の家から、歳上の出戻りを貰った』と、当時はなかなか評判でございましたようで……」

と、斗三郎は抜かりなく、佐竹の顔を眺めて報告している。これに何ぞか、また佐竹が知っている事実を加えてくれればと、考えのことであろうと思われた。

　屈託のない佐竹相手に攻防する義弟の様子に微笑しながら、十左衛門が口をはさんだ。

「して、その先妻はいかがいたしたのだ？」

「いやご筆頭、それなれば、拙者も少々詳しゅうござる。『あの出戻りは、実家の家《か》格《かく》を鼻にかけて、何にしても気が強いらしい』と評判でございましてな。どうも結局、弥右衛門の両親《ふたおや》と反《そ》りが合わずに、離縁となったらしゅうござる」

「なるほど……。して、佐竹どの。その先妻は、子は産まなんだか？」

　十左衛門が訊ねると、佐竹は首を傾げた。

「さて、どうでございましたろう。嫁に来てから、わりに程なく離縁となりましたような……」

　肝心のところで、佐竹の記憶は薄らいでいるらしい。

　すると、その佐竹を補足するように、斗三郎が言い出した。

「太治郎の母のことでございましたら、その米田の娘が産んだという届になっておりますが、これがやはり『丈夫届』でございまして」

　つまりは、はっきり判らないということである。

「ただ、ちと面白いことには、甲山の近所での評判が、およそ二つに分かれていることでございまして……」

先妻の米田の娘をめぐっての噂が、二分しているというのである。

「まず近所でも、隠居をいたしておるような世代の者は、たいていが甲山の母親の肩を持ちまして、先妻をこき下ろしておりましたのですが、その下の子の世代となりますと、なかなか米田の先妻を気の毒がる者もおりまして、今でも『子を取られて、追い出されて、可哀相だ』と……」

「ほう……」

興味深く、十左衛門は話を聞いていた。

「子を取られて気の毒だと申したのは、近所の妻女たちか？」

「はい。さようでございます。あんなに可愛がっていたのに、身を切るほどの辛さであっただろうと申しておりました」

「うむ……」

と、十左衛門は難しい顔になった。

「なれば、やはり太治郎は、先妻の子なのではあるまいか。子に注ぐ情愛の深さなどというものは、おそらくは女人のほうが鋭かろう。近所の妻女らの目から見て、さようにに見えたのであれば、おそらくは己《おのれ》の子であろうよ」

「いや、まこと、さようにございましょうな」

いつのまにか、佐竹が大きくうなずいている。

「して、斗三郎。姑《しゅうとめ》の味方《みかた》のほうは、何と申しておるのだ？」

十左衛門が訊ねると、「はい」と、斗三郎は話し始めた。

「実家が格上なのを鼻にかけて『紀和《きわ》さん』を蔑《ないがし》ろにしていたと、早い話が、最後は皆そこに行き着くのでございますが……」

近所の者が「紀和さん」と呼ぶのは、弥右衛門の母親のことだった。

「紀和は、とにかく先妻が気に入らなかったようでございまして、近所に住む隠居仲間のところに茶飲みに行っては、あるのかないのか判らないようなことまで、言い触らしておりましたそうで」

弥右衛門のもとに嫁に来た時には、すでに腹に子がいたようだとか、そもそも男遊びをするような女だから、前の家もそのせいで離縁になったに違いないとか、あれやこれやと推論を口にして、そんな推論が一人歩きをするうちに、「太治郎も、どこの馬の骨の子供か判ったものではない」という、妙な噂が立ったらしい。

その噂が立ったのが、半年くらい前だというのだ。

「いやしかし、米田の娘を責めるのなら、ずいぶんと時期遅れだぞ。何ゆえ今になって、わざわざさような噂が立つのだ？」

そう言った佐竹に、

「いや、佐竹どの……」

と、十左衛門は顔を寄せた。

「たしか後妻が赤子を産んだばかりと申したな。その赤子は、男か？　女か？」

「男児でございまする」

横手から鋭く斗三郎が答えて、義兄の言わんとしている先を、また読んだ。

「姑《しゅうとめ》は、おそらく後妻を気に入っておるのでございましょう。それゆえ、甲山の跡継ぎならば、先妻の子の太治郎ではなく、あとに生まれた男児をと……」

「いや、それでございますな！」

佐竹が膝を叩いて、決めつけた。

「もうここまで事情が判ったのでございますから、あとは拙者が弥右衛門を呼びつけまして、キリキリと白状をさせまする。ご筆頭、万事お任せくだされ」

「…………！」

と、斗三郎が鋭く、十左衛門を振り返ってきた。

「頼むから、佐竹さまを止めてくれ」と、言いたいのであろう。

たしかにせっかくここまで苦労して秘密裏に甲山家を調べてきたというのに、いざ最後の決め所となって甲山本人に訊くなどと、通常の捜査の流れであれば、考えられないことである。

いくら佐竹が「捜査のいろは」を知らないといっても、ひどすぎるというもので、斗三郎は、当然、義兄《あに》が佐竹を止めてくれるであろうと、十左衛門を見つめて、待った。

「………」

だが十左衛門は、沈思して、答えない。そうしてしばらくすると、斗三郎の期待を裏切って、こう言った。

「お任せいたそう。なれば、斗三郎。甲山弥右衛門を、ただちにこの場に連れてまいれ」

「いや、ですが……！」

こうした時の斗三郎が、義兄である自分の言うことをきかないことは、判っている。

だが十左衛門には、この案を選ぶに、理由があった。

「斗三郎」

十左衛門は義兄として見せるいつもの顔を向けると、目付筆頭として上から命じるのではなく、相対で話してこう言った。

「こうとなったら、太治郎が自分の倅かどうかなど、親のほかに誰が判る？　そなたらが苦労をして、ここまでの事実を集めてきたのだ。これを弥右衛門に突きつけて、うろたえるものか、開き直るものか、はたまた平常でおるものか、儂らで見極めてやろうではないか」

「ははっ」

斗三郎が返事をしたということは、どうやら納得してくれたようである。

「なれば疾《と》く、呼んでまいりましょう」

そう言って、気の早い斗三郎は、また駆け去っていくのだった。

九

「太治郎は、正真正銘、私と美津枝《みつえ》の子にてござりまする。母が何と申しましょうと、甲山家の跡継ぎは、長男の太治郎が正規にございますので」

初めて入室した目付方の下部屋で、弥右衛門は声を大にして主張していた。

その必死さは、先妻に不貞を働かれたことを隠そうとして、太治郎を「自分の子だ」と言い張っているというよりは、もっと単純に我が子を守らんとする行為のように、十左衛門には思えたのである。

「美津枝が腹に子を持ったまま嫁に来たということはございませぬし、不貞を働いていたという事実もございません。ただアレは、気が好いわりには、物言いがきつうございましたので……」

生来の物言いのきつさを、「実家の家格を鼻にかけている」とか、「百五十俵の婚家を馬鹿にしている」などと悪く取られて、美津枝は夜中、夫の弥右衛門の前でだけは、始終《しじゅう》泣いていたということだった。

「あの当時は、私もだいぶ両親にたてつきまして、美津枝を庇《かば》うたのでございますが、なにせ噂が『不貞』の噂でございますゆえ、下手《へた》をすれば、美津枝は密通の濡れ衣を着せられて、処罰されるやもしれませぬし……」

それに何より、まだ三十にもならぬ女の身で、あんな噂をこれ以上立てられるのは、死ぬより辛かろうと、弥右衛門は美津枝と相談して、泣く泣く三行半《みくだりはん》を渡したのであった。

「さような次第でございますゆえ、太治郎は私にとっては、美津枝の忘れ形見ともいえる大切な実の息子にござりまする。それが半月ほど前、おそらくは母や母の知己《ちき》の隠居たちに何ぞか言われましたものか、太治郎がふっつりといなくなったのでございます。それで私……」

太治郎に味方の中間二人に手伝ってもらいながら、弥右衛門は、城勤めを終えるとすぐに、あちらこちらに走って太治郎を探したが、なかなかに見つからない。

先妻のいる実家や、親戚をすべてまわってみても見つからず、途方に暮れていたところ、ともに太治郎を探していた中間の一人が、「どうやら少し前まで、馬喰町の旅籠に泊まっていたらしい」と、嬉しい報せを持って帰ってきた。

だが、いざその旅籠に飛んでいくと、「たしかに数日前まで、そうした風体《ふうてい》のお武家さまが、うちに長らくお泊まりでございました」というだけで、その先が判らない。

それでもその旅籠のある馬喰町を取っ掛かりに、周辺の町を虱潰《しらみつぶ》しに訊き歩いていくうちに、また「太治郎であろう」と思われる噂に行き着いた。

「幾日か前、両国の広小路で荷車にぶつかったらしい」という、あの情報である。

だがそこから先は、いくら夢中で訊きまわっても、いっこう足取りがつかめないと、弥右衛門は嘆いて、そう言った。

「太治郎は、身体も小そうございますし、何でも荷が太治郎にふりかかってきたそうで、心配でなりませぬ。勤めを休んでおりますことを『病』とたばかりましたことには、この私がいくらでもお仕置きを受ける所存にてござりまする。ですから、どうか、皆さまのお声がかりで、太治郎の行方を……」

　まるでこちらにすがりつくようにして言ってきた弥右衛門に、十左衛門は淡々とした声で言い放った。

「太治郎なれば、両国で怪我をしてよりこのかた、ずっと当家で預かっておる」

「えっ！」

　思わず膝立ちになった弥右衛門の両肩を、横手から佐竹が押さえて座らせた。

　その弥右衛門に向けて、叱るように十左衛門はこう言った。

「そなたがそうして先妻の影を慕《しと》うて、太治郎ばかりを庇うゆえ、隠居が意固地《いこじ》になるのであろうが。何はともあれ、己の子が二人おるなら、等分に可愛がれ。当主のそなたが上手《うも》う気を配れば、隠居の立つ瀬も、太治郎の立つ瀬もこしらえてやれよう。よいな」

「はい……」

　弥右衛門は頭をすりつけて平伏し、息子の無事に涙が抑えられないようである。

「そなたにも、太治郎にも、追って沙汰あるものと心得るがよいが、とにもかくにも、今日はもう連れ帰れ」

「ははっ」

この父親を太治郎に見せて、どうなるものかは判らない。

だが、たとえ太治郎が帰って家のなかが揉めようと、隠居が太治郎を嫌って嫌味を言おうと、しっかりと皆が血の繋がった家ならば、その家の者だけで折り合いのつけどころを探り合うしか、手はないのだ。

見れば、どこまでも気の好い佐竹は、弥右衛門にすっかり同情しているのか、肩を抱き起こしてやっている。

そういえば、「我が子」となった笙太郎も太治郎に同情して、目付の家の跡取りであることを忘れかけたらしいことを思い出し、十左衛門は心の中で苦笑するのだった。

第四話　陣屋《じんや》

一

江戸からは東南の方角にあたる下総《しもうさ》の国には、幕府直轄の馬の放牧場があった。

下総国葛飾郡《かつしかぐん》にある下総台地に、平安《へいあん》の昔からあった半野生的な馬の放牧地で、俗に「小金牧《こがねまき》」と呼ばれているその広大な馬の牧場《まきば》を、幕府は直轄としていたのである。

小金牧は広大で、あちらこちらに田畑に適した土地もあり、そうした場所は「新《しん》田《でん》」として田畑用に開墾されて、ほかの天領と同様に、勘定方より『代官《だいかん》』が派遣され、その地を治めていた。

この代官職の幕臣が現地の百姓たちを下僚《かりょう》として雇い入れ、さまざまに執務を行う役所を「陣屋」と呼ぶのだが、小金牧を治めるために作られた陣屋である『金ヶ作《かねがさく》陣屋』が火事になり、「代官以下、幾人かの者たちが、怪我《けが》や大火傷《やけど》を負って運ばれた」との報せが目付方へと入ってきた。

火事の原因や被害の実情を調べるため、十左衛門の命《めい》を受けて、急ぎ現地に赴《おもむ》いたのは、目付の稲葉徹太郎である。

金ヶ作からの報せの文には、「付け火（放火）」を疑っている風《ふう》があり、もし本当に火事が付け火なら、捜査《しらべ》は難しいものになるだろうと予想して、こたびは配下に徒目付《かち》組頭の橘斗三郎と、徒目付の本間柊次郎《ほんまとうじろう》ら、練達者ばかりを幾人か集めて供としていた。

下総台地を中心にして広がる「小金牧」は、とてつもなく広大で、地形や馬の群れに合わせて、牧《まき》（放牧場）を五つに分けている。

高田台牧《たかだだい》、印西牧《いんざい》、上野牧《かみの》、中野牧《なかの》、下野牧《しもの》の五つであるが、このうち新田が多く開墾された「中野牧」と「下野牧」が、金ヶ作陣屋の支配になっていた。

陣屋が置かれている金ヶ作村は、幕府の御用林の一部を伐採し、新田を開墾してできた村で、小金牧一帯のなかでは一番に繁華な場所となっている。

むろん江戸市中の繁華街とは比べものにならないが、それなりに小店《こだな》も建ち並び、旅籠《はたご》なども数軒あって、やはり幕府陣屋の膝元らしい賑わいが見られた。

今、稲葉ら一行は、「村落」というよりは、「町場」と呼んだほうがしっくりする金ヶ作村の通りを歩きながら、火事に遭ったという陣屋を探しているところであった。

「あっ、稲葉さま！　あれではございませんでしょうか？」

かなり遠い先に、本間柊次郎が何かを見つけて指差した。

「ん？　どこだ？」

「あれでございます。ここからは右手のほうになりますが、林の前に一画、焼け焦げております場所《ところ》が……」

「おう、うむ！　あれだ、あれだ！」

稲葉や斗三郎たちにもどうにか見えて、思わず皆で急ぎ先へ進んだ。

なるほど、陣屋の敷地と見られる内《なか》に、ほぼ全焼に近いほどに焼け落ちた建物が二つあり、蔵や馬小屋らしき建物もほとんどが半焼していて、見るも無残な状況になっていた。

焼け落ちた陣屋の周囲には、野次馬を立ち入らせないようにするためか、ぐるりと荒縄が張られていて、その荒縄の前に数人の見張りも立っている
本間が気を利《き》かせて先触《さきぶ》れに走り、見張りの一人に声をかけると、いかにも地元出の役人と見えるその見張りは、「江戸城《おしろ》から御目付さまがいらした」と知って、あた

ふたしているようだった。

その見張りに、本間が何やら指示したらしい。

まだ二十歳にはならないだろうと思われるその若い見張りは、一瞬、稲葉ら一行のほうに向き直って直立し、深々と頭を下げてきたが、すぐに本間にうなずいて見せて、村の奥のほうへと駆け去っていった。

「詳しく事情が判る者を、急ぎ、呼びに行かせました」

稲葉らのもとへと戻ってきた本間が、先を続けてこう言った。

「代官の前島覚右衛門《まえじまかくえもん》は、報せの通り、やはり大怪我をいたしておりますそうで、ほかの幾人かの怪我人とともに、近くの百姓家に運び込まれておるそうにござります
る」

「では、皆、怪我の具合がひどいのか?」

まずは人命を案じて稲葉が問うと、本間は神妙な顔でうなずいてきた。

「代官の前島と、それを助けようとして火中に飛び込んだという前島家家中の中間《ちゅうげん》は、いまだ口も利けぬほどの大怪我だそうにございまして、あとは四、五人、こちらは幸い、怪我も火傷も軽いそうで……」

「さようか……」

沈鬱《ちんうつ》に、稲葉は焼け跡を見まわした。

全焼といえる二つの建物のうちの片方は、燃え残った骨組みが、かなり大きい。

「おそらく、あれが『代官所』でございましょうな」

稲葉が見ている先を読んだように、横手から斗三郎が言ってきて、「うむ」と稲葉もうなずいた。

「あの代官所が火元やもしれぬな。ほかの棟とは違い、屋根も壁もいっこう残ってはおらぬ」

「さようでございますね……」

代官所というのは、代官が執務をしたり、寝起きしたりする建物である。代官は、年貢米の出納《すいとう》に関わる業務だけではなく、自分の治める天領内で起こった公事《くじ》（訴訟）についても、よほどに重大な案件以外は裁決を任されているため、代官所のなかには『白洲《しらす》』や『牢《ろう》』も作られているのが普通であった。

「もう一棟、あちらに焼け落ちておるのは、何だ？」

稲葉が指差したのは、焼け残った骨組みが、やけに細長い建物である。

「あの様子だと、『手代《てだい》』の長屋ではございませんかと……」

斗三郎が答えて、言った。

『手代』というのは、代官の下で働く地元の者たちのことである。たいていは地元の有力百姓の次・三男や甥などが多く、長男ではないため家の田畑は継《つ》げないが、庄屋などの大百姓の身内ではあるため、何かと村内では顔が利く。

そうした下役の者たちのさまざまな内情については、やはり旗本の目付より、御家人身分である徒目付のほうが詳しくて、それを承知している稲葉は、今回ばかりではなく、何かこうしたことで判らないことがある時には、躊躇《ちゅうちょ》なく配下の者たちに訊ねることにしていた。

「どうもその『手代の勝手（暮らし向き）』というものを知らぬゆえ、よう判らぬのだが、ああして長屋があるということは、手代は皆、住み込みということか？」

火が出たのが何刻頃《なんどき》なのかまだ判らないが、もしこの火事が付け火によるものならば、疑いのある者を絞っていかなくてはいけない。

すると斗三郎は、やはり早くも稲葉の言わんとするところが判ったようで、こう答えてきた。

「手代のすべてが住み込みということもございませんでしょうが、『付け火』に関してでございますなら、たとえ普段は住み込みでなくとも、農繁期に使う仮寝《かりね》の部屋なんぞもございましょうし、そこに潜《ひそ》めば、誰にでも……」

「…………」

と、一瞬、目を丸くした稲葉が、笑い出した。

「え？　あの……」

笑われた理由が判らず、今度は斗三郎が目を丸くする。

「ああいや、すまぬ」

そう言って、稲葉はめずらしく悪戯《いたずら》っぽい笑顔を見せた。

「『さすがに、ご筆頭のお身内だ』と思うたら、急に可笑《おか》しゅうなってな……。いや、そなたが相手だと、万事、話が早くて好いのだが、そういえばご筆頭と話しておっても、こんな風だと……」

「…………」

何とも言いようがなく、斗三郎が照れ臭さに少しく目をそらせていると、後ろに控えていた本間が、遠くを見て、声を上げてきた。

「『詳しい者』と申しますのが、どうやら参ったようにござりまする」

「おう、そうか」

稲葉が答えて本間の指すほうを皆で眺めていると、なるほどいかにも「代官の補佐として、陣屋を預かっている」という風情の、やけに身なりのよい四十がらみの男が、先ほどの若い見張りを従えて、やってきた。

「『元締《もとじめ》』をいたしております『中田倖兵衛《なかたこうべえ》』と申す者にてございます」

こうした天領の地で『元締』といえば、手代たちをまとめる筆頭役のことである。

「幕府目付の『稲葉』と申す。して、そなた『中田』と姓ありということは、金ケ作《こちら》の名主《なぬし》か？」

「いえ。名主は、長兄の義左衛門《ぎざえもん》でございます。私は自家《いえ》の三男にございますので」

「さようであったか。して、さっそくだが倖兵衛どの、こたびの火事の仔細《しさい》について、判るところを聞かせてくれるか」

「はい。では、陣屋《なか》にて仔細のほどをご説明させていただきます。どうぞ皆さま、お足元のほう、お気をつけを……」

やはり「名主の家の人間《もの》だ」という自負が強いのであろう。倖兵衛は、城から来た「御目付さま」を前にしても、いっこう臆するところはないようである。

その倖兵衛に導かれて、稲葉ら一行は、荒縄を張られた内部《なか》へと入っていくのだった。

二

「こちらの棟が代官所でございまして、同様に、あちらのひどく焼け落ちた建物《もの》が、手前《てまえ》ども手代の長屋にてございました」

「やはり、さようであったか」

稲葉は大きくうなずいて見せると、つとわざと声をひそめるようにした。

「して、どうだ？　そなたが見るに、『付け火』というは事実《まこと》のことか？」

「さあ、それはいかがでございましょうか……」

倖兵衛は、少しく憎たらしいほどに淡々としてそう言うと、大きく首をひねって見せてきた。

「代官所から火が出ましたのは、一昨昨日の夜半でございましたのですが、私、陣屋《ここ》には住んでおりませんもので、報せを受けて駆けつけて参りました時には、すでに皆が火を消そうと大騒ぎで、何が何やら……」

たとえば誰か村の者ではない「よそ者」が紛れ込んでいて、そのよそ者が放火した犯人だったとしても、あの夜中の火事騒ぎのなかでは、顔や姿で「村の誰」と判別などできなかったと、倖兵衛はそう言った。

「ほう……。つまり、そなたは縦《よ》し火事が付け火であっても、村のなかには付け火をいたす者などおらぬと、そう申すのだな？」

「…………！」

稲葉の言葉に、倖兵衛はムッとしたようだった。

「それはむろんでございましょう。第一、火元は代官所でございまして、ここが最初に火を噴きましたことは、長屋の手代どもが皆で見ておりますので……」

そこまで言うと、倖兵衛はつと声を冷たくして先を続けた。

「今は収穫の時季でございますから、代官所にも寝泊まりをする者がおりますので、必ずしも付け火とは限りませんかと」

「さようか」

と、稲葉はうなずいて見せた。

「なれば、代官所に寝泊まりしていたという者たちを、一人残らず教えてくれ」

「はあ……」

倖兵衛は、一気に面倒臭そうな顔つきになった。

「こちらにお泊まりでございましたのは、御代官の前島さまと、前島さまのご家来《けらい》衆《しゅう》の喜助《きすけ》さんで……」

「おい、そなた！　なれば出火は、代官がせいだと申すか？」

よほどに腹が立ったのであろう。横手から、本間柊次郎が口を出したが、倖兵衛はしたたかに黙り込んだだけだった。

「まあ、よい」

本間の肩を叩いてそう言ったのは、稲葉徹太郎である。

「ここでこのまま、あれやこれやと話をしても、結句《けっく》、推論となろう。やはり陣屋のなかに寝泊まりをして、その晩のことも、初手《しょて》からすべて目にした者に改めて訊ねたい。倖兵衛どの、誰ぞ、長屋住まいのご配下のところに案内《あない》してくれ」

「承知いたしました。では、私の下で『加判《かはん》』をいたしておる者がございますので、そちらに……」

「うむ」

『加判』というのは、『元締』に次《つ》ぐいわゆる次官の者のことで、元締である倖兵衛を補佐して、手代や荷運びの人足たちを取りまとめる役である。

「加判の『壮助《そうすけ》』と申しますのは、私の従兄《いとこ》でございます。長屋が焼けて、今は実家に身を寄せてございます。陣屋《こちら》からも、さほどに遠くはございませんので……」

稲葉たち一行が案内されたのは、名主家の倖兵衛にとっては分家にあたる、そここに大きな百姓家であった。

だが倖兵衛は、自分の従兄だというその加判に話を繋ぐと、「私は、仕事が残っておりますので……」と、何と江戸城《しろ》から来た目付を置いて、帰っていってしまったのである。

その倖兵衛の無礼を詫びて、代わりに頭を下げてきたのは、従兄の壮助であった。たぶん五十は過ぎているだろう、四十前後と見える倖兵衛よりは、十歳近くは年上であろうと思われた。

「倖兵衛《あれ》は苦労知らずの上に、とにかく負けん気ばかりが強うございまして、今もあのようなご無礼を、まことに申し訳ございません」

「いや、気にせずともよい」

稲葉がそう言ってやると、壮助は、

「お有難う存じます」

と、深々と頭を下げてきた。

「あれは本家と申しましても三男でございますゆえ、家を継いで名主になった長男や、田畑を分けてもらって分家を起こした次男への、嫉《そね》みがあるのでございます」

「ほう……。して？」

「…………」

稲葉に「して？」と、妙なところで合いの手を入れられて、どうしてよいのか判らなくなったらしい。壮助は黙り込んだまま、目を泳がせるようにしている。

「いや、すまぬ。どうも話の腰を折ったようだな」

そう言って稲葉が穏やかな顔を向けると、壮助は、ほっとしたか、

「とんでもございません」

と、笑顔を見せてきた。

「倖兵衛は『馬』や『牧士《もくし》』が苦手なものでございますから、牧士の連中に慕われておられる御代官の前島さまを、煙たく思うておりましたようで……」

「『牧士』というと、『牧《まき》』のほうの役人か？」

「はい」

牧士というのは牧場を管理して、半野生である「野馬《のま》」たちが餌の牧草に困らぬように整えたり、病気や怪我の馬を保護したり、馬が人の住む里へと逃げ出さないよう、囲いの土手や堀などを修繕したりする、馬の技能者たちのことであった。

そもそもこの小金牧がなぜ幕府の直轄となっているかといえば、年に一度『野馬《のま》

捕』といって、牧にいる野馬たちの一部を捕まえて、乗用や荷駄用の馬として補充するためなのである。

　とはいえ野馬は人間《ひと》に懐《なつ》いている訳ではないから、捕まえようとすれば、逃げて、暴れて、馬の扱いに慣れている者でなければ、とてものこと捕まえることなどできない。

　そこを毎年、捕まえて、その後も乗用や荷駄用に調教するのが、牧士たちの腕の見せどころであった。

「して、倖兵衛どのは、何ゆえ牧士らを嫌《きろ》うておられる？」

　稲葉が訊ねると、壮助は膝を乗り出すようにした。

「それはもう、怖ろしいのでございましょう」

「怖ろしい？」

「はい」

　壮助は、したり顔をして話し始めた。

「牧士は先祖代々、馬と生きておりますので、自然、人物《ひと》の善し悪しや、器の大きさなども見て取れるのでございましょう。牧士が何か言い立ててくる訳ではございませんが、静かに見透かされているようで、倖兵衛のような者には怖ろしいに違いございいません」

「ほう。なるほどのう……」

稲葉が大きくうなずいてやると、壮助は満足したようで、もう先を言い足さない。

そんな様子を見て取って、これはもう倖兵衛について聞けることはなさそうだと、稲葉は話を変えることにした。

「して、火事のことだが……」

「あ、はい。そうでございました。申し訳ございません」

壮助の言いようは、倖兵衛の悪口を言うのに夢中になっていたことを自ら認めた形になっていて、稲葉は吹き出しそうになるのをこらえたのだが、その一瞬こちらから問うのが遅れたことが、かえって功を奏したようだった。

「倖兵衛が何と申し上げたか判りませんが、あれは『付け火』でございます。断じて御代官さまやご家来の方の過失《しくじり》などではございません」

「なれば、そなた、付け火をいたしたであろう者に、すでに見当《あたり》がついておるのか？」

「いえ、そうはっきりと判る訳ではございませんのですが……」

口ではそう言いながらも、壮助は、身体が前のめりになっている。

「倖兵衛に恨みつらみを持ちます者は、一人や二人ではございません。そうした者の誰ぞが、倖兵衛を『元締』から引きずり下ろそうとしたのやもしれません」

「なるほどの……」

なれば壮助自身が一番に付け火の疑いをかけられることになるだろうにと、稲葉はまた内心《ところ》で苦笑いになったが、今の壮助の話のなかにはもう一つ、聞き捨てにできない部分があった。

「やはり代官が常にはおらぬゆえ、元締の倖兵衛どのが、まるで代官のごとくに振舞《ふるも》うておるということか？」

「はい」

と、壮助は大きく何度もうなずいた。

実はこの金ヶ作の陣屋は『出張《でばり》陣屋』といって、代官が常駐しない陣屋の一つなのである。

幕府の領地である『天領』は全国あちこちに散らばっているが、それぞれに広さも違い、収穫高にも高低があるため、どの天領にも押し並べて代官が常駐する訳ではない。

初秋の今は、そろそろ収穫が始まるということもあり、いつもは江戸の役宅で代官としての事務作業を行っている前島も、こちらに来ていたのである。

「倖兵衛はこたびの火事が、元締である自分の責任《せき》にならないよう、『前島さまの過失《しくじり》で火が出た』と吹聴《ふいちょう》しているのでございます。まこと倖兵衛には幼き頃より、そうしたところがございまして……」

「相判《あいわか》った」

この先もただただ従弟《いとこ》の悪口を続けるのであろう壮助を黙らせて、稲葉は立ち上がった。

「そなたの話で、仔細のほどがよう判った。いや、ご苦労であったな」

「とんでもございません。有難きお言葉を……」

壮助は平伏し、話し尽くしたことに満足しているようである。

その壮助を残して、稲葉ら一行は、宿に取った金ヶ作村の旅籠に戻ったのであった。

三

「いやしかし、終始、倖兵衛の陰口にございましたな」

戻った宿の一室でそう言ったのは、徒目付の本間柊次郎である。

今ここは稲葉が借りた部屋なのだが、斗三郎と本間の二人を呼び寄せて、話をし始めたところであった。

「十《とお》は年下の従弟に威張《いば》られて、悔しゅうて堪《たま》らぬというところでございましょうが、どうも、あれほどに言い立てられますと、やはり火種は、あの従兄弟《いとこ》どうしにあるのではございませんかと……」

本間がそう先を続けると、「うむ……」と稲葉は腕を組み始めた。

「したが実際、ああして陣屋が焼け落ちたところで、すべて倅兵衛の責とはならぬであろう。何にせよ、出火の晩に代官はいたのだ。火事の責を負うというなら、やはり代官の前島で、元締である倅兵衛は二の次だ」

「さようでございますね」

これまでずっと考えている風だった斗三郎が、口をはさんだ。

「もし仮に壮助が『倅兵衛の追い落とし』を狙って付け火をいたすのであれば、それは必ず代官の不在の時を選びましょう。今この時季ではございますまい」

「なるほど……。なれば、かえって倅兵衛のほうが……」

と、言いかけた本間が、急に黙った。

「ん？　どうした、柊次郎。遠慮はよいから、何も気にせず、思うたままを申してみよ」

　励まして、稲葉は言った。

　こうした捜査の会議では、目付のこちらばかりが意見や仮説を主張しても、いっこう良い方向には向かないものなのである。これまでの経験で、目付の自分が多く喋《しゃべ》れば喋るほど、配下の者らが聞き役にまわってしまうのを承知している稲葉は、自分が信頼している配下《もの》からは、できるだけ自由な意見を聞きたいと考えていた。

　だがどうやら本間のほうは、こたびばかりは訊き返して欲しくもなかったらしい。

「いえ、その……。ちと勇み足をばいたしまして……」

　と、本間は素直に苦笑いを見せてきた。

「壮助が付け火に関わっておらぬのであれば、倖兵衛のほうをと、疑いの向きを変えてみたのでございますが、倖兵衛には、陣屋を焼いて得になることはござりませぬ。必定《ひつじょう》、縦《よ》し付け火であったとしても、倖兵衛には関わりはないかと……」

「さようさな……」

　本間にそううなずいて見せて、稲葉がまた沈思し始めると、横で斗三郎が独《ひと》り言のように言い出した。

「陣屋を焼いて得する人物《もの》の『有りや無しや』にございますね……」

「うむ、橘。そこだ」

稲葉も一膝乗り出すと、先を続けてこう言った。

「はっきりと得する人物がおるならば、付け火を疑《うたご》うたほうが早かろうが、今のところは倖兵衛の申すよう、出火した代官所のなかに何ぞ過失がなかったか否か、そちらの側も調べねばなるまいて」

「いま一つ、陣屋に何の恨みがなくても、ただただ己《おのれ》の愉しみのためだけに『火を付ける輩《やから》』もござりまする。なれば、そちらも……」

違う視点で言ってきたのは、本間柊次郎である。

「おう、さよう。それがあったな」

上機嫌で、稲葉は大きくうなずいた。「三人寄れば文殊《もんじゅ》の知恵」が形になったようである。

「よし。なれば、明日よりは手分けをいたそう。まずは代官の前島を見舞うて、口が利けるようならば、火が出た時の仔細や日頃の手代たちの様子など訊ねてみるつもりでおるが、ちと『牧士』がほうも気になってな……」

「元締の倖兵衛よりも、代官を慕うているという、あの話でございますな。なれば、そちらは私が……」

斗三郎がそう言い出して、稲葉はこの頼もしい配下二人とともに、明日以降、ともに金ヶ作に連れてきた下役の者たちを、どのように調査《しらべ》に割り振りをするかについて、相談を始めるのだった。

四

翌朝、稲葉は本間を連れて、代官の前島覚右衛門が運び込まれたという金ヶ作村の百姓家を訪れていた。

決して大きな家ではない。昨日訪ねた壮助の実家などと比べると、いかにも小身であろうと見て判る暮らしぶりで、それなのに、どうしてわざわざここを選んで代官を運び込んだのかという疑問が湧いた。

だがそれは、いざそこの家の者らと話をすると、すぐに判った。

元締の倖兵衛や、加判の壮助とは異なり、この家の者たちは皆、普通に「実《じつ》のある」人物なのである。

四十半ばと見える伊兵衛《いへえ》という主人は、入口の土間に妻や子らを並ばせて、丁重に稲葉たちを迎え入れると、「なぜここが運び込みの先に選ばれたのか」という稲葉の問いにも、ごく普通に答えてきた。

「ご様子があんまり酷《ひど》くていらしたもんで、『遠くねえから、よければうちに……』と申しましたら、そのまんまになりましただけで……」

現場には倖兵衛や、倖兵衛の兄である名主も駆けつけて来ていたため、「おまえの家になど預けられない。ご家来衆はともかく、お代官さまはうちで預かる」と怒られるかと思ったら、「なら後で、そちらに医者を向けるから……」と、難なく決まってしまったという。

「そんでもどうにか峠だけは越したっつうお話で、ほんとにまあ、皆でほっといたしました」

「いや、さようであったか……」

「へえ」

そう言って伊兵衛が案内してくれたのは、玄関口の台所を兼ねた土間のほかには二間しかない家のなかでも、見るからに一等良い場所だった。

まだ夏の風情を引きずって、掃き出しの窓には葦簀《よしず》がかけられていたが、前島であろうと見える五十がらみの侍が寝かされているところも、その前島の家来らしき若い中間の布団があるところも、日当たりと風通しを葦簀で適度に調節して、精一杯の心配りをしているのがよく判る。

その伊兵衛ら一家の心尽くしを寝ながらにも感じているのか、前島も中間も穏やかに寝ているようだった。

顔には膏薬が貼られ、頭も手足も肩のあたりも掛け布団から出ているところには、すべて晒しが巻かれているから、火傷も怪我も、だいぶひどかったに違いない。

本間とともに稲葉がその前島たちの様子を覗き込んでいると、後ろから声を囁《ささや》きのようにして、伊兵衛がこう言い出した。

「こうして楽に寝られるようになりなすったのも、ほんとに昨夜くれえからようやくで、起きるとどうも、火傷も傷も痛むようでごぜえますんで、あの……」

つまり、今は起こさないでやってくれと言いたいらしい。

その実《じつ》のある心配りに、稲葉は嬉しくなった。

「さようさな」

大きくうなずいて見せて、自らその場を離れると、稲葉は玄関口の土間まで戻ってこう言った。

「いや、前島どのもご家来も、そなたら一家のところに運ばれて、まことにもって幸運であられたぞ。手間も金子《きんす》もずいぶんとかかったであろう。幕府より急ぎその費用《かかり》と褒美《ほうび》を下させるゆえ、いま少し面倒を見てやってくれ」

「へえ。有難えお言葉を、ほんとにどうも……」

そう言って頭を下げている伊兵衛の後ろには、妻子らしき家族たちも控えて、皆で嬉しそうにしていたが、そのなかに一人、この家の長男であろうと見える十七、八歳の男子が、「お役人さま」と稲葉に声をかけてきた。

「おらは前《めえ》からお陣屋に泊まって、手伝《てつで》えをしてたんでごぜえますが、『御代官《おでえかん》さまのとこから火が出た』っつうのは嘘で、とんでもねえとこからだったんで」

「いや、まことか？」

「へえ」

男子は「伊八《いはち》」という名だそうで、あの晩も陣屋のなかの長屋に、ほかの手代仲間とともに泊まっていたのだという。

「おらたちが初めに『火だ！』と気がついたのは、お白洲のほうでごぜえました」

「白洲？　では、代官所の白洲か？」

「へえ」

と、伊八はうなずいた。

「お白洲は、陣屋の門を入《へえ》ってすぐの、御代官《おでえかん》さまのご寝所たァ逆の端《はし》っこにごぜえます。んだからどうしたって、『御代官さま方が火を出した』ってこたァごぜえませんので」

「いや、そうか……」

「へえ。それに付け火は、御代官所ばかりじゃごぜえません。長屋や蔵のほうからも、いきなり火の手が上がったんで……」

　長屋から代官所に駆けつけた伊八ら手代が皆で消火にかかっていたところ、さっきまで自分たちのいた長屋から突然に火の手が上がり、気がつけば陣屋の奥の蔵からも煙が上がっていて、皆であちこち手分けをして、夢中で水をかけ続けていたという。

「お父っつぁんや村の皆も駆けつけて、必死になって消そうとしたんでごぜえますが、もうどうにもなるもんじゃごぜえません。御代官所は火の海で、そしたら屋内《なか》からご家来さんが、御代官さまをおぶって出ていらしたんで……」

　さっき寝ていた前島家の家臣は、見たところ二十半ばという感じであったが、よろよろと火のなかから現れたその中間の背中には、もはや意識もないらしい前島が、だらんと背負われていたそうだった。

「おらたちが駆け寄ったんで、ほっとしたのか、ご家来さんもそこで倒れておしめえになりました」

そこに伊八の父親である伊兵衛が駆けつけて、「よければうちに……」とそう言って、すでに駆けつけていたらしい元締の倖兵衛も、陣屋の敷地内に住んでいる加判の壮助も、「なら、そっちに医者をやる」と、くだんの話になったという。

「して、加判の壮助どののも、そなたらとともに、お長屋におったのか？」

稲葉が訊くと、伊八は首を横に振った。

「壮助さまが住んでおられるのは、おらたちの長屋よりも奥にある、一軒建《だ》ちの小屋のほうでごぜえます」

「いや、そうか。話が聞けて助かったぞ。して、そなたも、仲間の手代《もの》らも、身体《み》に大事はなかろうな？」

「へえ」

と、伊八は、素直に嬉しそうな顔をした。

「そりゃア、ちったア怪我した者《もん》もいましたが、ひでえことになりなすったなア、御代官さまとご家来さんだけで……」

「うむ。まことにもって、ようやってくれた。引き続き、前島どののを頼む」

「へえ」

「お任せを……」

若い伊八が、父親の伊兵衛とともにそう言ってくれて、稲葉は少しく清々《すがすが》しい気分で、伊兵衛らの家を出るのだった。

五

ちょうどその頃のことである。

斗三郎は、配下の小人目付を一人だけ供にして、野馬の牧場《まきば》を訪れていた。

金ヶ作陣屋の支配下に入っているのは、俗に「小金五牧《こがねごまき》」と呼ばれる幕府直轄の五つの牧場のうちの、「中野牧」と「下野牧」という二つの放牧場である。

ことに今、斗三郎らが足を踏み入れている「中野牧」は、五つに区域を分けられた小金五牧のなかでも一番に大きな囲いの牧で、縦と横とに方向を分けて大まかに測ると、縦方向の東端の一辺が三里（約十二キロメートル）ほど、西の端の一辺で測れば二里（約八キロ）ほどで、一番短い横方向でも一里（約四キロ）以上の長さがあった。

その広大な台形状の土地に、ぐるりと土手と堀とをめぐらせて、一つの「牧」とし、野馬が逃げないようにしてあるのだ。

いかにも馬が好みそうな、やわらかげな草が生え揃い、見るかぎりほぼ平らな台地が、延々と続いている。端《はな》から川があったのか、それとも牧士たちが手を尽くして、どこからか小川を引いてきたのか、知るよしもなかったが、草原のなかには幾筋か、小川も通っているようである。

秋晴れの空の向こうに、遠く小さく富士の山も見えていて、その雄大な景色に似合って、あちらに、こちらに、馬の群れがゆったりと草を食《は》んでいた。

「なれば、代官の前島さまは、ここにもよういらしておられたか？」

富士を眺めながらそう訊いたのは、斗三郎である。

「はい」

うなずいたのは、ここの牧士のまとめ役である「新山剛蔵《にいやまごうぞう》」という者で、おそらくは七十に近いのではないかと思われた。

「昨夜、金ヶ作までご様子を見に参りましたが、前島さまもご家来衆も、どうも峠は越されましたようで、まことにようございました」

「おう、それは何よりでござるな」

「はい」

今、斗三郎は新山に、牧のなかを案内してもらいながら、他人《ひと》に聞かれずゆっくりと話をし始めたところである。

牧士は先祖代々、野馬を幕府に献納する大事なお役目を担っているため、幕臣の身分ではないのだが、昔より特別に苗字帯刀を許されている。

時と場合によっては、ほかの野生の獣から馬たちを守るため、鉄砲の使用までもが許されているほどで、そんな半《なか》ば「侍」のようなところが、手代の元締である倖兵衛に、煙たがられる理由であるのかもしれなかった。

「前島さまは、歴代の御代官さまのなかでも殊更《ことさら》に、馬をお好みでいらっしゃいましてなあ。一度などは、まだあまり調教の進んでおらぬ馬だというのに、鞍《くら》もつけずに飛び乗られて、いや、肝を冷やしました」

「ははは」

この蒼々たる風景のなかで、すぐそばに見事な馬などがいれば、乗ってみたくなるのも少しは判る。

「いやしかし、こうして話に聞くだけでも、前島さまのお人柄がよう判りまするな」

「はい」

斗三郎に答えて、まるで自分の身内を自慢するように、新山は話し始めた。

「我ら牧士は、牧におらねば仕事にはなりませぬゆえ、自然、金ヶ作のお陣屋からは足が遠のいてしまいます。そうしたところが、お陣屋の皆さまには鼻につくのやもしれませぬが、元締さまにも幾度か叱られてしまいました」

「ほう……。したが叱られると申しても、手代と牧士では互いに仕事のしようも判らぬゆえ、叱りようもなかろうに……」

「こうして歳のせいもあり、私は、何かと偉ぶって見えるのでございましょう」

斗三郎に答えて、新山は苦笑いの顔になった。

「前島さまも、我ら牧士がお陣屋にて嫌われぬよう、折につけ案じてくださり、前島さまのおられぬ時に、何ぞ急ぎで困り事が起きた際には、私が『野馬御奉行《のまおぶぎよう》』さまを頼れるように、道もつけてくださいました」

「野馬奉行と申されると、『小金御厩《こがねおうまや》』の綿貫《わたぬき》どのでござるか」

「はい」

小金御厩というのは、金ヶ作に陣屋が置かれる六十年以上も前から、下総の『小金《こがね》宿《じゆく》』という宿場町に設けられていた幕府の厩である。

小金五牧をはじめとした下総の大小さまざまな牧場をすべて管理して、年に一度の『野馬捕』をし、そのなかから良馬を選んで小金宿の『小金御厩』に移して調教し、幕府に納めていた。

その小金御厩を任されているのが役高・三十俵の野馬奉行で、御家人の綿貫家の世襲であった。それぞれの牧には、先祖代々その牧で働く牧士たちが存在するから、牧を治める野馬奉行の綿貫氏は、自然、牧士の頭役《かしら》も務めている。

　金ヶ作に陣屋が置かれるようになってからは、五つの区域に分かれている小金五牧のうち、一番大きい「中野牧」とその隣の「下野牧」の二つは陣屋の管轄となって、その牧で働く新山のような牧士たちも、綿貫氏のもとから離れて陣屋の支配下に入った訳だが、日ごろ陣屋を治めている『元締』は百姓ら手代の頭なのだから、そもそもが牧士の仕事を管理できるはずがなかったのである。

　その根本的な不適合を心配していた代官の前島は、「中野牧や下野牧に何かあった時には、牧士たちの相談に乗ってやってくれ」と、野馬奉行の綿貫のところに行って頭を下げてくれたらしい。

　おかげで以来、牧草の育ちが悪い時や、雨風で牧がひどく荒れた時など、綿貫が人手を貸してくれたりして、助かっているという。

「つい一月《ひとつき》ほど前にも綿貫さまからお文《ふみ》をいただきまして、『下野牧の十条村《じゆうじようむら》に、新しく大きな陣屋ができるそうだが、中野牧《そちら》は変わりなく大丈夫なのか』と……」

「え？」

　と、斗三郎は、思わず訊き返した。

「『新しい陣屋ができる』と、綿貫どのがそう申されたか?」

「あ、いえ……」

新山は、斗三郎の勢いに驚いたらしい。「違う、違う」というように、あわてて顔の前で、手を横に振り始めた。

「お文をいただいただけでございますから、そうはっきりとは……。たぶん、あの文のご様子では、『十条村に新しく、大きな陣屋ができるらしい』と噂のごときものではございませんかと」

「いや、さようでござるか……」

斗三郎は、それだけ言うと、黙り込んだ。

この下総に新しく陣屋ができるなど、有り得ないことである。

そも幕府が陣屋を置くか否かは、その天領からの年貢米の収穫高にかかっている。

ここ下総の小金は、たしかに幕領としては重要な地域だが、それは馬の産地として不可欠だというだけで、年貢米だけの話でいえば、この地は決して収穫の多い天領ではないのだ。

それが証拠に金ヶ作の陣屋も、代官の常駐しない「出張陣屋《でばり》」である。

つまりは、すでにある金ヶ作陣屋に加えてこのあたりに陣屋ができるなどという話は、普通なら噂にも出ないはずで、斗三郎はもやもやと胡散臭《うさんくさ》さを感じていた。

むろんそれは新山に対してでもなければ、綿貫に対してのものでもない。調査《しらべ》の手を入れるなら、おそらくは十条村で、なぜ「十条村」と限定して「新しく陣屋が建つ」という噂が出たのか、その出所《でどころ》を探らねばならなかった。

「して、綿貫どのが、『陣屋ができるそうだが、大丈夫か』とお案じになられていたのは、どうした理由《わけ》でござろう？」

さっき話のなかで引っかかりを感じたもう一点を、斗三郎は口に出してみたのだが、新山の答えは、しごく明確なものだった。

「私どもの中野牧からは、毎年、上様への献上馬が出されるのでございます。ですが、もし下野牧の十条村にお陣屋ができ、金ヶ作より隆盛にでもなりましたならば、献上の馬たちも一度は十条に集めねばならず、その後、江戸に運ぶにも何かと面倒になりまする。おそらく綿貫さまは、それを……」

「なるほど……。いや、さようでござったか」

どうやら何か薄っすらと、見えてきたような気がする。
七、八百頭は下らないという、中野牧の野馬たちを眺めながら、早くも斗三郎は、次にどう動くべきかを計算し始めるのだった。

六

翌日の昼下がり、稲葉ら一行はくだんの「十条村」を探して、下野牧を突っ切って通る街道を南へと下っていた。

今朝、金ヶ作の旅籠の仲居たちから聞き込んだ話では、十条村は下野牧のなかでも南部のほうで、金ヶ作より、更に江戸から遠くなるそうである。

「谷間《たにあい》のあんな『ただの村』に、一体、何の御用で？」と、口の悪い仲居がそう言って笑っていたが、なるほど、気づけば街道は、だいぶ下ってきたようである。

「稲葉さま。また集落らしきものが見えてまいりました」

遠目の利く本間がまた一番に見つけて、一行が下りの続く街道を進んでいくと、これまで出てきた他の村よりは幾分か大きいであろうと思われる一村が現れた。

「『村の入り口に、大きな桜がある』と申しておりましたので、やはり、この村かもしれませぬな」

大きな木の幹を叩いて、斗三郎がそう言ってきたが、今は初秋で花が咲いている訳ではないから、草木に詳しくない稲葉は判らない。

「そなた、これが『桜』と判るのか？」

「はい。桜の肌は殊更に、美しゅうございますゆえ……」

そう言って斗三郎は、悪戯っぽい笑顔を向けてくる。

「おい何だ、橘。やけに風流ではないか」

稲葉が斗三郎と二人で笑っていると、一足先に、配下の小人目付たちと一緒に村の様子を覗いてきた本間が、戻ってきた。

「この奥に、様子を覗けそうな茶屋が二軒ほどございました」

「え？」

と、稲葉は目を丸くした。

金ヶ作を出て、ここまで、ずっと街道筋を歩いてきたが、街道とはいっても東海道などとは端《はな》から違い、たまに行き交うのも地元の者らしき百姓だけで、あとは左右に広がる草原で野馬が優雅に草を食むばかりだったのである。

途中、幾つも村らしき集落は見かけたが、あるのは百姓家ばかりで、物を売る店など一軒もない。

それがなぜかこの村に限って、茶屋が二軒もあるというのだ。

「いや、二軒か……」

稲葉がいささか驚いていると、「はい」と本間はうなずいて、その先を少しく手柄話のように、こう続けた。

「実は茶屋ばかりか、飯屋のような店《もの》まで見つけまして……」

「飯屋？　まことか？」

「はい。看板が出ている訳ではございませんが、外に床机《しょうぎ》を並べておりまして、客らしき旅姿の者が、飯を喰うておりましたので」

「ほう……」

稲葉はうなずいて、横にいる斗三郎と目を合わせた。

「おい。これをどう見る？」

「この村に、何ぞか『話』が持ち上がっておりますのは、事実《まこと》のようにございますな」

「うむ……」

稲葉たちがこうして「十条村に新しく陣屋ができる」という噂をわざわざ検証しに来たのには、理由があった。

諸処の天領において、「どの村に陣屋が置かれるか」ということは、村どうし争いにもなりかねない重大事なのである。

たとえば金ヶ作村を見ても判るように、『陣屋元村《じんやもとむら》』といって、陣屋が設置された村は、押し並べて賑やかになるのが通例であった。

陣屋には領地内の諸村から年貢米が集められてくるため、まずは陣屋内で働く手代の採用や、流通の人足の雇用が起こる。

おまけに陣屋は領地内で起こった公事訴訟も受け付けているから、そうした公事人や年貢米の運び込みであちこちから人が集まってくれば、自然、酒食の店をはじめとしたさまざまな店もできてきて、果ては、公事人や江戸から来た役人たちが宿泊する旅籠まで建てられてと、「陣屋元村」になると、村に落とされる経済的利益が大きかったのである。

「よし。なれば、ちと入ってみるか」

「はい」

稲葉の言葉に皆がそれぞれにうなずいて、一行は、十条村に足を踏み入れてみることとなった。

「江戸から役人が来たらしい」とばれてしまっては台無しなので、稲葉と斗三郎、本間の三人は、「牧士」という風情になっている。

幕府から苗字帯刀と騎馬を許されている「牧士」は、服装も旅姿の侍とほぼ同じで、頭には笠《かさ》をかぶり、羽織を着て、馬乗り袴《うまのりばかま》の裾《すそ》をきっちりと脚絆《きゃはん》で巻いている。

その格好ならば稲葉たちも同様なため、あとは牧士に見えるよう、金ヶ作で一人に一頭ずつ馬を借り、乗馬ができぬ配下には、牧士の下で働く牧人足《まきにんそく》の格好をさせて、ここまで乗り込んできたのである。

さて、いよいよ村のなかに入っていくと、十条村はここいらの他の村とは異なり、集落自体が大きかった。

むろん陣屋のある金ヶ作とは段違いで、今朝も旅籠の仲居に言われたように、「ただの村」と言ってしまえば、その通りである。

だがザッと見渡しただけでも、十条村は戸数がかなりあって、ここが陣屋元村になれば、金ヶ作のように賑やかな場所になるだろうと思われた。

「おう、本間。あったぞ」

茶屋の一つを見つけて稲葉が言うと、

「はい」

と本間はうなずいて、通りの先に見えてきたもう一軒を指差した。

「いま一つはあちらにございまして、飯屋のほうはまだ先の、村の終《しま》いのあたりにございました」

たしかに本間の言う通り、次々に小屋がけの茶屋が二つ出て、それでも更に進んでいくと、旅姿の男が膳にのせられた飯と漬物と芋の煮転がしを食べている、いかにも飯屋らしき一軒が現れた。

すると突然、斗三郎が、その飯屋らしきものの軒先に顔を突っ込んで、奥に向かって、声をかけ始めた。

「おい、飯は喰わせてもらえるか？」

そう声をかけながらも、斗三郎はどんどん店のなかへと入っていってしまう。

「あの、稲葉さま……」

小さく声をかけてきたのは、本間柊次郎である。

「うむ……」

何の打ち合わせもない突然の行動に驚いて、稲葉たちが軒《のき》の外で棒立ちになっていると、斗三郎は淡々とした顔でこちらへと戻ってきて、まるで話の続きのようにこう言ってきた。

「飯なら喰えるようでございます。どうです、御頭《おかしら》。この先は何もないと申しますから、ここにいたしましょう」

斗三郎に「御頭」と呼ばれているのは、稲葉である。

「いや、そうだな」

とっさ稲葉は話を合わせると、本間ら皆を振り返った。

「ここで喰うぞ。よいな?」

「はい!」

本間たちもすでにすっかり芝居の内《うち》で、御頭の稲葉を先頭に、皆でわさわさと入っていった。

「では親仁《おやじ》、飯を五人前、頼む」

「へえ」

斗三郎がまたも勝手に頼んでしまったが、こうした飯屋は一種類しか出せない店が多々あって、おそらくはその類《たぐ》いであろうと、皆も判っている。

結構な速さで店の親仁が出してきたのは、案の定、外の床机で別の客が喰っていた、山盛りの飯と、漬物と、芋の煮転がしであった。

「おう。美味《うま》い、美味い」

芋の煮転がしを一口食べて、本気で稲葉がそう言うと、

「いや、まことでございますね」

と、本間も答えてきて、茶屋の一つもない街道筋を、朝からずっと飲まず喰わずで

歩いてきた一行は、いつの間にか喰うのに夢中になっていたようだった。

そんなところに入ってきたのは、商人らしき旅姿の男である。

ちらりと見た稲葉たち一行を、「侍」と思ったか、「牧士」と見たかは判らないが、いかにもきちんとした商人らしく、愛想よくこちらに会釈してきた。

「お商売か？」

機嫌よく、商人に笑顔を返しているのは、斗三郎である。

「はい。今日は上総《かずさ》の奥から、ようやくここまで帰って参りました」

「ほう。それはまた難儀な……」

と、斗三郎が商人と話し始めた時だった。

「ああ、これは川津屋《かわづや》さん、お待ちしておりました」

ちょうど奥から出てきた店の親仁が横手から声をかけてきて、「川津屋」と呼ばれたその商人はこちらにまた会釈を残して、親仁に連れられ、奥の階段を上がっていってしまった。

「泊まるつもりでございましょうか？」

顔を寄せてささやいてきたのは、斗三郎である。

「うむ。『川津屋』と申したな……」

稲葉が声を落として答えた時、二階から親仁だけが下りてきた。

「では……」

と、一瞬、斗三郎が小さく言って、次には親仁にまた声をかけた。

「ここは宿もしておるのか？」

「へえ。たいしたお構いはできませんが、夕飯と朝飯は……」

「そうか」

親仁にうなずいて見せると、斗三郎は稲葉のほうに向き直った。

「なら御頭、俺と本間はここに泊まって、明日はここから『牧』の手伝いに入ります。御頭は皆を連れて、どうぞ先にお戻りください」

「おう。なら、そうしてもらおうか」

「はい」

こうして稲葉ら一行は親仁の飯を喰い終えると、斗三郎と本間を残して、再び金ヶ作の旅籠へと帰っていったのであった。

七

稲葉と二人の小人目付が金ヶ作の旅籠に戻ってきたのは、すでにすっかり日が落ちた後だった。

「これはこれは、どうもお疲れでございましょう」

と、旅籠の主人は湯を勧め、すぐに夕餉の膳も調《ととの》えてくれたが、そんな頃になって、主人は悠長《ゆうちょう》にも稲葉宛《あ》てに江戸から届いた書状を出してきたのである。

早飛脚《はやびきゃく》で届いたというその書状の差出人は、何と、筆頭の十左衛門であった。

厳重に糊《のり》付けされた外の包みを外すと、書状は二つ入っていて、そのうちの一通は『稲葉殿』と宛書があり、たしかに見慣れた「ご筆頭」の手によるものであった。

まずはそちらを開けて読み始めて、「…………！」と稲葉は目を見開いた。

「おい、十条村から『陣屋設営の嘆願書』が届いたそうだぞ」

「えっ！」

「まことにございますか？」

飛びつくように寄ってきた小人目付たちにうなずいて見せると、稲葉は急ぎ、もう一通の書状を開けた。

「嘆願書だな。ご筆頭のおっしゃる通り、嘆願の宛先は『代官の前島どの』になっておる」

「いや、ですが、金ヶ作の火事で前島さまが動けぬことは、十条村でも、すでに聞き知っておりましょうに……」

「そこよ」

稲葉は小人目付たちに、二通の書状を手渡して読ませると、少しく悔しそうにこう言った。

「前島どのが動けようが動けまいが、構わず型通りに出してきたということだ。それも、金ヶ作陣屋が灰になった翌日にな……」

「…………」

すでに小人目付二人も書状に目は通し終えたから、稲葉の話に驚かない。ただやはり稲葉と同様、腹が立つだけだった。

江戸での経緯を書き記した、十左衛門の文の内容は、こうである。

火事翌日の夕刻のこと、江戸の深川にある前島家の拝領屋敷に、十条村から書状を持って使いの者が訪ねてきたという。

使いの者の口上《こうじょう》は、書状の内容と同じで、陣屋設営の嘆願であった。

『このたび既存の金ヶ作陣屋が火事になり、代官所をはじめ、ほぼすべての棟が建て直しになると聞き、それならば我が十条村のほうに新たに陣屋を建てていただきたいと、嘆願をいたしました。

尚、陣屋設営の見積もりに関しては、以下の通りでございます。

金ヶ作陣屋の敷地は、坪数にして九〇〇〇坪余りでございましたが、それを再建いたしますというと、費用《かかり》は五〇〇両を下らぬことと存じます。

よって、こたび我が十条村にて陣屋を設営するにあたっては、できるかぎりに無駄を省きまして、坪数をば六〇〇〇坪で見積もりをいたしました。

詳細は、以下の通りでございます。

総坪数は六〇二四坪、費用は三五八両。

陣屋敷地のお年貢については、十条村で負担する。

設営の費用のうち二〇〇両ほどは、十条村で負担する。

毎年、上納金として、金二分（一両の半分）を幕府に納める。

以上、どうぞご賢察《けんさつ》のほどを、よろしくお願いつかまつります。

十条村名主　高田精右衛門《たかだせいえもん》』

この書状の内容を、屋敷の玄関先にて使いの者に口上されて、前島家では憤慨《ふんがい》したという。

「殿の大事《だいじ》の最中《さなか》だというに、設営の嘆願など、何と無礼な！」

と、さすがに書状は受け取ったものの、使いにはすぐに引き取ってもらい、最初はその嘆願を、前島が元気になって帰ってくるまで無視しようと思ったという。

だが前島の妻子と母親、たった一人しかいない「用人」兼「若党」の家臣が集まって、この腹立たしい嘆願書について話し合っていたところ、この嘆願書の持つ意味が怖ろしくなってきたらしい。

嘆願書の日付は、火事の翌日になっている。

だが翌日とはいっても、陣屋で火が出たのは前夜、夜半のことである。

その陣屋の火事を、金ヶ作とはかなり離れた十条村が翌日の朝に知ったとしても、そこから急いで見積もりをして嘆願書を書き上げて、使いの者がそれを持って十条村を出立し、急ぎ江戸に向かってきたとして、本当にその日の夕刻のうちに本所の前島家に着くのであろうか。

「……なれば十条村では、すでに火事より前に嘆願書を書き上げていたと、そういうことでございましょうか」

「さようであろうな」

稲葉は大きくうなずくと、先を継いで、こう言った。

「つまりは、あの金ヶ作の火事は、陣屋の移転を狙って、十条村の手の者が付け火をしたのやもしれぬということだ」

「はい……」

答えて小人目付二人も、息を呑んでいる。

「では、この嘆願書を何よりの証《あかし》といたしまして、あとは実際、陣屋に火を付けまわった者をば、何とか見つけ出せば……」

「いや。嘆願書は、確たる証にはならぬ。『陣屋が火事になる前から、嘆願を出そうと準備していた』と、逃げるであろうからな」

「ですが稲葉さま、十条村の嘆願書にははっきりと『このたび金ヶ作の陣屋が火事になり……』と書かれてござりまする。そこが何よりの証と……」

そう喰い下がってきた配下に、だが稲葉は首を横に振って見せた。

「詰めるには、甘かろう。『当夜のうちに火事を知り、かねてより用意していた嘆願書を清書して携え、十条村から早発ちをして江戸に急いだ』と言われれば、目付方《こちら》も、そうはきっちりと『嘘だ』という証が立てられぬゆえな」

「…………」

稲葉の言うことはもっともで、配下二人も悔しさに拳《こぶし》を握っている。

その小人目付たちを励まして、稲葉は二人の肩を叩いた。

「だいぶ飯が不味《まず》くなったが、とにもかくにも、飯は喰え。明日になれば、橘も本間も戻るであろうからな」

稲葉は今日の、しごく頼もしかった斗三郎を思い出していた。

「『川津屋』といったか、あの村に、ああした大店《おおだな》風情の商人《あきんど》が来て、それも贔屓筋《ひいきすじ》の客よろしく、一人で泊まっていくというのも怪しかろう。橘と本間が、何ぞか摑《つか》んでくれるやもしれぬ」

「はい……」

「よし。なれば、疾《と》く喰うてしまおう」

もうすっかり何もかも冷めてしまった膳を、稲葉は引き寄せるのだった。

八

翌朝のことである。

牧士のふりをして宿泊した斗三郎と本間の二人は、「これから下野牧に手伝いに行くのだ」と、宿の親仁にそう言って、夜明け前に宿を出た。

だが二人は、実際には、宿の玄関を見下すことのできる林の木陰で、「川津屋たち」が宿から出てくるのを待っていたのである。

実はあの後、もう一人、百姓風の四十がらみの男が宿に来て、いかにも知己らしく話をしながら川津屋の部屋に合流したのである。

廊下をずっと一番奥まで行った座敷に、川津屋たちは入っていったが、どうやらそのまま同室で眠ったらしい。斗三郎と本間は交替しながら、夜中《よじゅう》見張っていたのだが、とうとう朝までどちらも出てこなかった。

そうして今、斗三郎たちは林のなかで待ち受けて、あの二人が出てきたら一体どこへ帰るのか、尾行しようと考えているのである。

「あっ、橘さま。出て参りました」

「ああ……」

先に出てきたのは、百姓風の男のほうである。

「では私、尾行《つ》けてまいりまする」

「うむ。頼むぞ」

「はっ」

街道は一本道で、距離を詰めるとばれるから、本間はこのまま林のなかを、街道に沿って行けるところまで、男を追いかけるつもりのようである。

その本間を見送りながらも、斗三郎は宿の玄関に川津屋が現れるのを待ち続けるのだった。


一方、本間は、林から出て街道を進みながら、かなり遠くに「一寸法師《いっすんぼうし》」よろしく小さく見える男を追って、歩いていた。

そうしてそのまま、小半刻《こはんとき》（約三十分）ほどが経った頃であろうか。

街道が少し狭くなり、その分を両側の林が迫って、道が薄暗がりになってきた時、男は何やらキョロキョロと周囲を見渡し始めると、突然ひょいと、横手の林のなかに消えていったのである。

「…………！」

だが本間《こちら》は目付方で、人を尾行することなどには慣れている。

下手《へた》に急いで林に入って、目見当《めけんとう》で追おうとすれば、木々の間で迷ってしまいかねないから、男が去った場所まで走って街道を進むと、男のように林に折れて、目と耳を頼りに探し始めた。

すると、さほどには行かない先に、あの男が切り株に座って、こちらに背中を向けているのが見えてきた。

だが何をしているのか、手元も顔も見えないから、判らない。

本間は遠目でもいいから、男が何をしているのか確かめようと、林のなかを、音を立てずにまわり込んだ。

「…………！」

と、本間は、目を瞠った。男はなんと切り株に、小判を置いていたのである。

男が手に持っているのは、たぶん二十五両ずつを紙で包んだ「切り餅」と呼ばれるものであろう。その切り餅を、男は巾着《きんちゃく》のなかから次々と取り出して、どんどん並べているのである。どうやら六個、切り餅を並べたところで、巾着は空になったようだった。

「え……」

その後を見ていた本間は驚いて、思わず息を呑んでいた。

一体、何を考えているものか、男は切り餅の紙包みを破っては、わざと二十五枚をバラバラにして、再び巾着袋のなかに戻しているのである。見ていると、一つ、また一つと包みを切ってはバラバラと小判を流し入れて、とうとう最後の一包みになったようだった。

すると男は、今度はその二十五枚のなかから一枚だけ、自分の懐《ふところ》へとくすねたのである。

「…………！」

と、本間が顔をしかめて見ていると、男はやおら巾着のなかに手を突っ込んで、更に一枚くすねようとしているのか、懐に入れたり、出したり、また入れて出したりしている。

そんな男の様子を見ているうちに、徒目付として日々さまざまに捜査《しらべ》をこなしている本間は、「男が一体、何であんなことをしているのか」、想像がついてきた。

たぶん男は誰かの使いで川津屋と落ち合って、百五十両を受け取ったに違いない。

ところがこの「使い」は、そこで悪心を起こしたのである。おそらくは百五十両のなかから小判を一枚か二枚くすねるために、わざわざ切り餅の紙包みを破いてバラバラにし、一枚くらいくすねても、すぐにはバレないようにしたのだ。

見ていると、男はまだ二枚目をどうするかに悩んで、懐に入れたり出したりを繰り返している。

次第、眺めているこちらまで、尻の穴の小さい男になってしまいそうだった。

「幕府目付方、本間柊次郎である！　神妙に縛《ばく》につけ！」

大音声でそう言うや否や、本間はザザッと間を詰めて、男のすぐ前までまわり込んだ。

「ひっ……！」

男はそれでも、巾着だけは抱えて逃げようとする。

本間柊次郎は、その男の片腕を捕らえて捻《ひね》りあげると、痛みに「ひいッ！」と叫ぶ男を、キリキリと攻め立てた。

「貴様、その金子《きんす》は、一体誰に届けるつもりだ？　白状せい！　神妙に白状せねば、その百五十両はまるまる貴様が取り受けたものとして、貴様一人が厳罰に処されることに相成《あいな》るぞ！」

脅してそう言いながら、本間がグッと更に男の腕を捻ると、

「ひいぃッ！」

と、男は悲鳴を上げて、先をこう付け足してきた。

「お、お加判さまにごぜえますだ！」

「加判？『加判』というと、壮助か？」

「へえ。おらはただ、お加判の壮助さまに命じられて、金を取りに行っただけでごぜえますので……」

「嘘をつけ！」

この期に及んで、まだ卑劣に自分を守ろうとしている男に本気で怒って、本間柊次郎は男を林の下草のなかに押さえ込んだ。

「それだけではなかろう！　なれば、そなたの懐にある二両は何だ？」

「…………」

本間の腕の下で、男は観念したようである。

それでもとうとう、握った巾着のなかからは小判一枚もこぼさなかった男を、本間は常に携帯している荒縄で縛り上げるのだった。

九

本間が捕らえた小悪党は、名を「定吉《さだきち》」といった。

「おらは壮助さまのご実家で、奉公をしている者《もん》でごぜえまして……」

本間に捕らえられたその「定吉」が、金ヶ作まで縄付きで歩かされる途中で白状した一部始終は、以下のようなものである。

名主家の分家にあたる壮助の実家は、金ヶ作村のなかでは名主家に次ぐ大百姓で、定吉はその壮助の実家で下男《げなん》をしているそうだった。

「けど、なにせ壮助さまは、家を継げねえ『弟さま』にごぜえますんで、ああして陣屋に出てなさるので……」

壮助は次男であり、家屋敷や田畑はすべて長男である壮助の兄が継いでいるため、仕方なく実家を出て、陣屋で「手代の加判」として働き、陣屋の敷地内に建てられていた一軒建ちの小屋に住んでいたという。

ただそうして陣屋に勤めていても、分家出身の壮助は「加判」止まりで、上役《うえ》には本家の血筋である「倖兵衛」が、デンとばかりに座っている。

歳下の倖兵衛に毎日毎日いいように威張られて、壮助はよく、定吉ら実家の奉公人たちを相手に、倖兵衛の陰口を言い募っていたらしい。

そんな壮助の存在を、一体、どこで聞き込んできたものか、

「私は、このあたりを行商にまわっておりますす古着買いの川津屋と申しますが、金ヶ作のお加判さまに、是非にもご挨拶《あいさつ》を……」

と、半年ほど前、川津屋が壮助を訪ねて、壮助の実家のほうに顔を出してきたという。

「そん時、お陣屋のほうまで壮助さまを呼びに行きましたのが、おらでごぜえました」

するとその晩、川津屋は、壮助だけではなく定吉にまで豪華な酒食をおごってくれて、それからも幾度か日を空《あ》けて金ヶ作にやってきては、壮助と定吉を食事に酒にと誘い出してくれたそうだった。

そうしてすっかり「懇意」になったところで川津屋は、自分が古着買いの行商などではなく、十条村に関係する江戸の材木問屋であることを口に出して、

「三百両出すから、どうか二人で金ヶ作の陣屋に火を付けて、丸焼けにして欲しい」

と、頼んできたというのだ。

金ヶ作陣屋が焼けて、無事、十条村に陣屋が移った暁には、二人の先々の暮らしが立つよう、どんなことでも手助けする。自分と一緒に江戸に出て、その三百両を元手に商売《あきない》をしたいというなら、その支度《したく》を手伝って、商売が軌道に乗るまで世話するし、もしどこかで一生静かに隠遁生活を送りたいというのなら、よい場所を見つけて家を買って進ぜましょうと、川津屋は、そう二人に約束してきたという。

こうして壮助と定吉は、とどのつまりは川津屋に三百両で雇われて、あの晩、陣屋に火付けをしたという訳である。

火付け実行の日時については、「年貢米が金ヶ作陣屋に集まってくる前までに……」と、あらかじめ川津屋とも相談の上で決まっていた。

陣屋とともに年貢米が焼けてしまうと、大変なことになる。金ヶ作陣屋には、金ヶ作村だけではなく、十条村をはじめとした周辺の村々からも年貢米が集まってくるため、集まってしまってから火を放てば、十条村からの年貢米までもが焼けてしまう。

もし幕府に「わずかずつでもよいから、村ごとに工面して、おのおの家に残した分から出せる分を捻り出せ」などと言われたら、十条村自体も大変な被害をこうむることになるからだった。

約束の三百両のうちの半金は、火付けを引き受けた時点ですでに受け取っており、今回、川津屋から払われた百五十両は、残りの半金だそうである。

だが定吉が言うには、自分が壮助から分けてもらえたのは前回の半金からの五十両のみで、すでに火付けの手伝いも済んでしまっているため、今回の百五十両はまるまる壮助の懐に入り、自分には支払われる予定はなかったという。

「十条村くんだりまで取りに行かされて、何の褒美もねえんでございますよ。一枚くれえ貰ったって、ほんとなら罰《ばち》なんざ当たるもんじゃァねえってもんで……」

本間に捕らえられた定吉が、金ヶ作まで縄付きで歩かされる途中で言った言葉が、これである。そうして当然、縄の先を握っている本間に、しこたま叱られたのだった。

一方、その三百両の金元《かねもと》である『川津屋』は、旅籠の前から川津屋を尾行《つ》けていった斗三郎の調べで、江戸の新材木町《しんざいもくちょう》に店を構える材木問屋であることが判明した。

あの朝、川津屋は、定吉より半刻《はんとき》（約一時間）も遅れて旅籠を出ると、その足で十条村の名主のもとへと向かったのである。

尾行していた斗三郎が驚いたのは、十条村での川津屋の「顔の広さ」であった。

たしかに旅籠で話した時にも、川津屋は、いかにも商人らしい物腰の愛想のよい男であったが、十条村では誰もが川津屋に行き会うと、会釈をしたり、立ち話をしたりと、川津屋の顔を見知っているようだった。

そんな村の者の一人に、斗三郎は牧士のふりで声をかけ、

「昨日、旅籠で世間話はしたんだが、あの川津屋さんってお人は、一体どこから来てなさるんだね？」

と、わざと興味しんしんな顔をして訊ねてみたところ、江戸の材木問屋だと判ったという訳である。

旅籠まで金を届けに来たのは、「洋三郎《ようざぶろう》」という名の番頭《ばんとう》で、奉公人の大勢いる川津屋のなかでは、二番手にあたる者だという。洋三郎の上には、すでに六十に近い大番頭がおり、少しでも早くこの座を取って替わるため、今回は「汚れ仕事」を自ら進んで引き受けたようだった。

川津屋は十条村の名主と契約を交わして、十条村に陣屋が移ることになった暁には、陣屋を建てる材木ばかりではなく、村にあれこれ新規に建ち並ぶことになるだろうさまざまな店だの、家の建て直しだのの材木を、一手に引き受けることになっていたのだ。

ただし、そうして十条村に「陣屋元村」を移すには、金ヶ崎の陣屋は邪魔であり、川津屋は江戸の大店にとっては、たいした支度金でもない三百両で、壮助と定吉の二人を火付けの罪人にまでしたのであった。

この悪事の一部始終が判明したところで、むろん十条村から出された陣屋設営の嘆願書は破棄されて、壮助と定吉がもらいそこなった三百両も含めて、店が取り潰しになった川津屋や、同じく取り潰しになった十条村の名主家より取り上げた財産で、不幸にも焼かれた金ヶ作陣屋は再建できる見込みとなったのだった。

「いや、前島どの。あとはゆるりとお身体を治されて、江戸にお戻りくだされ」

だいぶ快方に向かってきた代官の前島を訪ねて、稲葉は歓談していた。

前島とその家来の中間は、今も百姓・伊兵衛の一家で大切に看病されている。

この一件で、伊兵衛ばかりではなく息子の伊八の人柄についても、よくよくと見て取ることができた前島は、ゆくゆくは伊八がこの陣屋の元締となれるよう、自分が江戸の役宅に連れ帰って、江戸詰めの手代として仕事を教え込むつもりとのことだった。

「それにいたしましても、とにかくもう、早く起き出したいと気が急《せ》いてならぬのは、今年の年貢の取り集めでございまして……」

だが前島は、こうして床から出られないながらも、早くも代官として動き始めたようである。

伊兵衛や伊八に村の皆との繋ぎ役になってもらい、焼けた陣屋の一部に、簡易ではあるが荷積み用の小屋を建て、そこに年貢米を集め始めていた。

「元締の倖兵衛も、名主の兄と一緒に、自分の家の蔵や離れや母屋に、年貢米を預かってくれておりまして……」

「では前島どの、元締は変えずに？」

「はい……。正直、腹の立つところもありますが、やはり慣れておる者がございませんと、陣屋も焼けておりますし、どうにも仕事がはかどりませぬ。それでも、どうも近頃では、倖兵衛もずいぶんと円《まる》くなったようでございます」

「さようでござるか。なれば、まあ……」

「はい」

　さすがに牧士が慕うだけのことはあり、前島は、富士の仰《あお》げる牧の草原に似て、心持ちの広大な男のようだった。

「なれば前島どの、私は一足先に、江戸に戻りまする」

「いや、さようにございますか。まこと、こたびは何とお礼を申し上げてよいか……」

　前島はまだ利かない身体で、平伏しようとしているようである。

「おやめくだされ。それよりは疾《と》くお身体を治して、陣屋で待つ皆々のもとに……」

「はい。お有難うござりまする」

前島に笑顔でうなずいて、稲葉は辞した。

外にはすでに斗三郎たちが、旅籠の宿賃等々を済ませて、待っているはずである。

伊兵衛ら家族に見送られて、稲葉が外に出てくると、だがいまだ斗三郎たちは到着しておらぬようで、稲葉は仕方なく、旅籠のほうへと戻りかけた。

と、旅籠のほうから、ちょうど本間が駆けてくるところであった。

「おう」

だが手を挙げた稲葉に首を横に振って、本間は顔色を青くして、こう言ってきた。

「御頭が、おられなくなりまして……！」

「御頭？」

稲葉は目を丸くした。

先日、牧士のふりをして飯を喰っていた時には、自分が「御頭」と呼ばれている。

「いえ、その、御頭というのは、橘さまのことで……」

「橘？　橘が、どうかしたのか？」

「はい……。あの、ちとこちらに……」

「…………？」

稲葉が連れていかれたのは、くだんの旅籠である。

その旅籠の二階の、斗三郎が一人で使っていた狭い座敷に、引っ張っていかれたのだった。

「稲葉さま、これを……」

「………！」

本間が指差してきた代物を目にして、稲葉はギュッと胸をつかまれたような痛さを感じた。

残されているのは、俗に『人馬《じんば》の御証文《ごしょうもん》』と呼ばれるものである。

幕府の旗本や御家人が公用で出張する際には、その人の身分や役職に見合った「人馬の御証文」が下附される。これは旅先の宿場、宿場で、その人物に見合った数の馬や人足を優先的に徴発できる、いわば幕府からの命令書のようなもので、

『馬何匹、江戸より彼の地までの上り下り、ならびに彼の地において御用中は、幾度なりともこの者に、急ぎ用意いたすべく……』

と、老中の署名・捺印のされた大切な書状なのだ。

公儀の役人は旅の最中、この御証文を箱に収め、黒い天鵞絨《びろうど》の袋に入れて、両端を太い紐で結んで、首にかけて懐《ふところ》に仕舞い、肌身離さず持っている。

旅籠に着けば、三宝《さんぽう》を借りて部屋の上座に供え、取り扱いの都度《つど》、うがいや手水《ちょうず》をするほどだった。

つまり斗三郎本人がここにいないのなら、当然のごとく、斗三郎の懐に大事に入れられているはずの御証文が、置きっ放しに残されている訳で、これはすなわち斗三郎に何か異常なことがあったと見るべきであった。

「……と、疾く、橘を探せぃ！」

「ははっ！」

本間と小人目付二人が、蜘蛛《くも》の子を散らすように駆け去っていく。

稲葉はガクガクと震える手を懸命に動かしながら、斗三郎の大切な御証文を仕舞い始めるのだった。

第五話　俵物《たわらもの》

一

　斗三郎が行き方知れずになった仔細は、すぐに稲葉から江戸の十左衛門のもとへと文《ふみ》にて知らされることとなった。

　早飛脚《はやびきやく》にて送られたその文が、江戸城本丸御殿の目付部屋へと届けられてきたのは、翌朝のことである。

　目付方の筆頭として、いつものようにすでに朝から登城していた十左衛門は、その日当番であった蜂谷新次郎《はちやしんじろう》、荻生朔之助の二人とともに、その急報を受け取った。

「えっ！　た、橘が……」

　まずは蜂谷が声をあげて、そのまま黙り込んだが、十左衛門自身はあまりのことに愕然《がくぜん》としていて、声も出ない。

「…………」

するとまた蜂谷が、今度ははっきり「ご筆頭」と、こちらを向いて言ってきた。

「御証文《ごしょうもん》が残されたままなどと、これは忌々《ゆゆ》しき事態にござりまするぞ。下総なれば、今から馬を飛ばせば、今日夜半か明日の朝には着きましょう。ほかの皆さまには、拙者よりお伝えいたしておきますゆえ、どうぞ、すぐにも……」

むろん蜂谷は、斗三郎が十左衛門の義弟であることを考慮して、勧めてくれているのである。

正直、蜂谷の勧めは有難く、今すぐにでも蜂谷の言う通りに馬を飛ばして、探しに行きたいところだが、それは当然、許されるべきことではない。十左衛門は目付方の筆頭として、自分が自ら駆けつけていく訳にはいかないことを、痛いほどに承知していた。

「蜂谷どの」

十左衛門は真っ直ぐ蜂谷に向き直ると、小さく頭を下げてから、こう言った。

「お言葉まことにもって有難いが、やはり、それはできぬが道理だ。儂《わし》は目付ゆえな、私用で江戸を離れる訳にはいかぬ。第一、斗三郎《あやつ》とて目付方ゆえ、さようなことは望むまい」

「いやご筆頭、ですが……」

と、蜂谷のほうが十左衛門の代わりに、泣きたいところをこらえるような顔つきになっている。

するとこれまで何も言葉を発しなかった荻生朔之助が、「ご筆頭」と横手から静かに声をかけてきた。

「そのお覚悟、ご信条、不肖《ふしょう》、私も目付の一人として『鑑《かがみ》』とさせていただきまする」

荻生は居住まいを正して改めて低頭してきたが、その顔を上げるやいなや、真っ直ぐに十左衛門と目を合わせて言ってきた。

「しかして『幕臣の一人が不審にもおらぬようになった』となれば、これはすなわち、我ら目付の動くところ。ご筆頭が『お身内のこと』ゆえ、私用と事《こと》を分けがたくなるのであれば、私が常と変わらぬ案件の一つとして、下総に参りましょう」

「荻生どの……」

十左衛門は嬉しく、荻生に頭を下げていた。

荻生は普段、目付十人のなかでも一番に「一匹狼」でいることを信条として、守っている男である。その荻生が思いもかけず、こうして言ってきてくれたという事実《こと》が、十左衛門にとっては何よりも嬉しかったが、目付は皆、自分も含めて、それぞれに幾つものを案件を同時に抱えて、忙しいのである。

行き方知れずの幕臣を探すというだけのために、目付を当地へ向かわせる訳にはいかなかった。

「なれば摂津守《せっつのかみ》さまにお許しをいただいて、配下の者らを誰ぞ二人ほど向かわせていただこう」

十左衛門が「摂津守さま」と呼んだのは、若年寄方で首座を務めている松平《まつだいら》摂津守忠恒《ただつね》のことである。

旗本や御家人ら幕臣全体を総監督しているのは若年寄方で、十左衛門ら目付たちにとっては、直属の上司にあたる。徒目付組頭である斗三郎が行き方知れずになった事実は、上司である若年寄方には、むろん報告しなければならないことだった。

「いやまこと、それがよろしゅうございましょう」

大きくうなずいてきたのは、蜂谷である。

「徒目付のなかより気の利《き》く者を選びまして、急ぎ二、三人ばかり送れば、彼《か》の地で少しは稲葉どのも……」

「いや」

　と、十左衛門は苦笑いで、首を横に振って見せた。

「稲葉どのも荻生どのとご同様、ほかに幾つも案件をば、お抱えでござる。これより急ぎ文を出し、当地には本間柊次郎ひとりを残して、稲葉どのには江戸へとお戻りいただこうと存ずる」

「さようにございますか」

　荻生は一言そう言って、感服したように十左衛門に頭を垂れている。

　一瞬しんと静まり返った目付部屋のなかで、十左衛門は込み上げてくる不安や心配と、一人戦い続けるのだった。

二

　斗三郎の一件をしたためた書状を御用部屋の若年寄方へと届けてもらうため、十左衛門が表坊主に書状を託してから、まだ半刻《はんとき》（約一時間）と経たない時のことである。

　摂津守より十左衛門に「すぐに御用部屋《こちら》に参れ」との命《めい》が、御用部屋付きの坊主より伝えられて、十左衛門は急ぎ御用部屋へと参上することに相成《あいな》った。

幕府の最高官らの執務室となっている『御用部屋』は、広い座敷が二間《ふたま》続きになっていて、老中方のお使いになられる『上《かみ》御用部屋』と、若年寄方の『次《つぎ》御用部屋』とに分かれている。

摂津守から呼び出しを受けたのだから、当然、次御用部屋のほうへと通されるかと思いきや、案内に立った御用部屋付きの坊主に連れていかれたのは、上御用部屋のほうであった。

「おい、そなた……」

案内の間違いを正そうとして十左衛門が声をかけると、「いえ」と坊主は、ささやくように言ってきた。

「摂津守さまでございましたら、こちらにおいでになられます。実を申せば、妹尾さまをお待ちでいらっしゃいますのは、右近将監《うこんのじょう》さまにございますので」

「…………？」

坊主の言った「右近将監さま」というのは、今、四人いる老中方のなかでも首座である松平右近将監武元《たけちか》のことであろう。

いま一つ訳が判らぬままに坊主についていくと、なるほど坊主たちの手で両開きにされた襖の奥には、首座の老中である松平右近将監武元が、こちらを向いて鎮座していて、そこからだいぶ下座に下ったところに若年寄の摂津守も控えて座していた。

「おう、十左衛門。参ったか」

声をかけてきたのは、やはり右近将監のほうである。

「ははっ」

と、十左衛門が敷居を前に廊下で平伏していると、めずらしくイライラと先を急ぐように右近将監が言い出した。

「おい十左、そこでは話せぬ。人払いをいたすゆえ、早よう、なかに入らぬか」

「ははっ」

敷居を越えて入ったとたん、後ろで襖が閉められて、あっという間に人払いが完了した。

部屋に残されたのは、右近将監と十左衛門、あとは若年寄の摂津守のみである。

「話というのは他でもない。そなたの義弟、橘斗三郎が一身《いっしん》のことだ」

「はい」

十左衛門が顔を上げると、右近将監はいきなり言い出した。

「橘は、儂が命《めい》で隠密《おんみつ》に、『俵物《たわらもの》が不審』について調査《しらべ》をいたしておる。今より一月《ひとつき》は前からのことだ」

「いや、さようでございましたか……」

（やはり……）

と、十左衛門は目を伏せた。

ごく稀《まれ》なことではあるが、老中や若年寄は内密に信頼のおける徒目付を呼びつけて、外部《そと》に知られたくない隠密の御用を命じる場合がある。

老中にかぎっては、上様が隠密御用《おんみつごよう》にお使いになられる『御庭番《おにわばん》』を借りてもよいことになってはいるのだが、なにせ御庭番は上様の耳目《じもく》であるから、老中が何ぞか頼めば、それはまるまる上様のお耳にも入るため、そう簡単にお借りする訳にはいかなかった。

したがって、稀に何ぞか極秘で調べたいことがある時には、ごく気楽に使うことができる上、探索の仕事に練達している目付方の配下を使うことのほうが多かったのだ。

目付方《こちら》の配下の者たちが、そうして稀に御用部屋の上《うえ》つ方《かた》に、極秘裏に使われているということは、むろん十左衛門ら目付たちも知っている。

それゆえ、さっき御用部屋付きの坊主から「実は妹尾さまをお待ちなのは、右近将監さまでございまして……」と言われた瞬間に、十左衛門は「これは、もしや……」と、半ば予想がついたのである。

だが、こうして徒目付が拝命する老中方や若年寄方の隠密の御用については、本当に文字通り「隠密」で、命じた側の上つ方と、命じられた側の徒目付当人のほかには、誰にも知られてはならない。

ゆえに、こたびの斗三郎も、同僚や上司の目付たちはむろん、目付方の筆頭であり、義兄でもある十左衛門にさえ、隠密で御用を受けていることは内緒にしていたのであろうと思われた。

「して、十左衛門。橘がおらんようになった経緯《いきさつ》については、詳しゅう判っておるのか？」

「いえ、それが……」

稲葉が長い文にて知らせてきた旅籠《はたご》での一部始終を話して聞かせると、右近将監ははっきりと険しい顔になった。

「なれば、いっこう、手がかりのごときはないではないか」

「はい……」

老中首座の指摘の通り、旅籠の部屋に御証文が残されていたというだけだから、斗三郎が自ら外に出て行ったのか否か、それすらも判らない。

一瞬、斗三郎の顔がチラついて、十左衛門が思わず目を伏せると、少し離れた上座から、右近将監の叱責が飛んできた。

「『はい』ではないわ！　橘は、大事な御用の途中だぞ。そなた疾《と》く下総に出向いて橘を見つけ、義兄弟《きょうだい》で『俵物が不審』について調べてまいれ！」

「ははっ」

改めて平伏すると、十左衛門は早くも「大事な御用」をうけたまわる顔つきになっていた。

「して、右近将監さま。『俵物の不審』と申されますと、やはり『干鮑《ほしあわび》』や『煎海《いり》鼠《こ》』に、何ぞかございますので……？」

「さよう。長崎《ながさき》で唐船《からせん》との通商に要《い》る分が、どうにも集まらんのだ」

俵物というのは、干した鮑や、「煎海鼠」呼ばれる干し海鼠《なまこ》などの海産物を俵に詰めて、輸送用にしたもののことである。

長崎で行われる唐船との貿易において、日本の「俵物」はその品質の良さを認められており、中国での高級食材として需要が高いそうだった。

「俵物が無《の》うては、交易《こうえき》ができぬそうでな。大昔には『金』も『銀』も採れたそうだが、今はもう『銅』さえままならぬゆえ、その代用《かわり》の俵物が無うては、どうにもならん」

天領内の海岸はむろんのこと、大名家や旗本家の領内にある海岸からも、鮑や海鼠を集めねば足りぬため、幕府は「運上《うんじよう》」と呼ばれる、いわゆる税の形で取り集めていたという。

「したが、そも『運上』などは微々たるものでな。とてものこと長崎の交易に足りるものではないのだ。それゆえ天領の浜からも、諸家の領浜からも、幕府が直《じか》に買い付けてはおるのだが、これがまた、どうした訳か集まらぬ」

今から四年前の明和元年（一七六四）、幕府は「諸国廻浦《しよこくかいほ》」といって、この浜はどんな海産物がどれほど獲れるものなのか、その目利きができる者たちを全国の浦々に放って調査したそうである。

その調査記録に基づいて、「この浜からは、これくらいの量を買いつけて……」と幕府は計画していたのだが、いざ実際に集めてみると、その概算よりもかなり少ないということだった。

「なれば、その概算が狂うておりますものか、買い付けの次第に何ぞかあって、不正なり、滞《とどこお》りなりと起こっておりますものか……」

俵物についての事情がだいぶ判ってきた十左衛門が、頭のなかをまとめるようにそう言うと、

「さよう」

と、右近将監もうなずいて、その先を足してきた。

「だが何せ諸国廻浦をしてから、まだ五年と経たぬゆえな。あまり騒ぐと、浜を持つ諸藩や旗本が『またも何ぞかするつもりか？』と腹を立てよう。それゆえ、そなたら目付ではなく、隠密で橘を呼んだのだが……」

「ではやはりこの先も表立《おもてだ》っては騒がずに、目付方以外の者には知られぬよう、隠密で相調べてまいりまする」

十左衛門がそう断言して低頭すると、「うむ」と右近将監は満足そうにうなずいた。

「したが、十左よ」

「はい」

返事をして目を上げた十左衛門の前で、だが右近将監は顔つきを一転させた。

「……よいな。何としても橘を見つけて、二人揃って手柄を立てて戻って参れ」

「ははっ」

十左衛門は改めて平伏した。

「有難きお言葉、必ずや、斗三郎にも相伝《あいつた》えまする」

「うむ」

と、情の深い首座の老中がうなずいてくれたが、つと見れば、その右近将監の下座で、若年寄の摂津守も神妙な面持ちになっている。日頃は何かと淡々としていて、あまり取り付く島のない摂津守も、今回ばかりは斗三郎を案じてくれているらしかった。

そんな上つ方二人に礼をすると、十左衛門は御用部屋を辞するのだった。

三

十左衛門は、その日のうちに江戸を発った。

供として連れて出たのは、梶山要次郎《かじやまようじろう》という二十八歳の徒目付と、平脇源蔵《ひらわきげんぞう》という四十二歳の小人目付である。

この二人、実は斗三郎が今回の隠密御用で、配下として使っていた者たちであった。

それというのも老中から話を聞いた十左衛門は、「先の目算の利《き》く斗三郎が、この複雑そうな俵物の案件を単身でこなそうとするはずはない」と考えて、徒目付・小人目付の全員に向け、「案件を引き継ぐことと相成ったゆえ、斗三郎の手伝いをしていた者は名乗り出てくれ」と、声をかけたのである。

「隠密御用」は他言無用であるから、基本的には命じた者と命じられた者のほかには、知られてはならないものではある。

だがたとえば今回の「俵物についての調査《しらべ》」のように、諸国の浜々を対象にして調べを進めなければならないような、人手のかかる案件の場合は、命じた側の上つ方も、まさか斗三郎が一人のみで調べあげられるなどとは思っていない。

斗三郎が自分の耳目や手足として、信頼のおける配下を使うであろうことは承知の上で、今回こうして目付である十左衛門が、隠密のまま御用を引き継ぐことになっても、もとより鉄壁の「箝口令《かんこうれい》（口外禁止令）」の敷ける目付方であるから、外に漏れる心配は皆無であった。

こうして梶山と平脇を供として、急ぎ下総へと向かった十左衛門が、途中一泊、宿を取り、金ヶ作のくだんの旅籠に着いたのは、翌日の昼少し前のことである。

昨日、老中から御用を拝命してすぐに、十左衛門は金ヶ作の旅籠に向けて早飛脚で文を送ってあったため、引き続き斗三郎を探している本間柊次郎と小人目付二人が、十左衛門ら一行の到着を待っているはずだった。

だが、いざ旅籠に着いてみると、十左衛門を待つそのなかに、なんと目付の稲葉が残っていた。

先に送っておいた文のなかで、稲葉には江戸に戻るよう、言っておいたはずである。

「斗三郎が一件は、貴殿が責めを負うべきものではないと、文にても申し上げたはずだが……」

「はい」

と、稲葉はうなずいたが、続けてこう言ってきた。

「『俵物』にございましたら、たしか江戸にも幕府御用達《ごようたし》の問屋があったように覚えております。ご筆頭より詳細をうかがいましたら、急ぎ江戸へと立ち帰り、江戸市中での俵物の流れをあたる所存にてござりまする」

「さようであったか……。いや、妙な早合点をいたして相すまぬ」

「いえ。とんでもござりませぬ」

稲葉が笑って首を横に振って、さっそく皆を前に十左衛門は、老中より受けた「御用」の内容を話した。

「ここに来るまでの道中、梶山と平脇より、おおよそ話は聞いたのだが、どうも斗三郎は上総か安房《あわ》かにおるのやもしれぬな……」

「いや、さようにございますか！」

「して、上総や安房のどちらあたりに？」

さっそく稲葉と本間が飛びついてきたが、斗三郎とともに調べていた梶山は、そんな稲葉らを前にして面目なさげな顔になった。

「いまだようやく俵物の流通《ながれ》をつかんだばかりにございまして、実際、橘さまがどの浜にお目を付けていらっしゃいましたか、そこが判らず……」

梶山が畳に広げて見せたのは、斗三郎が老中から預かってきた「諸国廻浦」の際の覚書《おぼえがき》のようなものである。

その覚書によれば、全国北から南まで、鮑や海鼠の獲れる浜の名前があまねく書き連ねられていて、『検地』にまわった役人が「この浜からは、これぐらいの量の買い付けを見込めるだろう」とする数量と、実際に干鮑や煎海鼠が買い付けられた数量とが、比較できるようになっていた。

「いやしかし、こうして比べますというと、どこの浜を見ましても、いっこう足りてはおらぬのでございますな……」

稲葉の言った「足りていない」ものは、実際の買い付け量のほうである。

「はい……」

うなずいて、梶山が説明を始めた。

「見込みの量も買い付けの量も、ことさら高うございますのは北国《ほっこく》にてございますが、松前《まつまえ》しかり、能登《のと》や津軽《つがる》しかりで、どこも諸大名家のご領地内《うち》の浜が多うございまして……」

「うむ……」

　と、十左衛門も、覚書を覗き込んだ。

「伊勢《いせ》・志摩《しま》や、相州《そうしゅう》・三河《みかわ》なんぞも量が多いが、大名領だな……」

「さようでございますね」

　稲葉が答えてうなずいて、覚書の一点を指差した。

「してみると、北国や伊勢志摩には遠く及びませぬが、安房や上総は『検地』による見込みの量もそこそこにございますし、何より天領や旗本領も多うございますゆえ、目付方《こちら》が調べますには勝手が良うございましょう」

「なれば、やはり御頭《おかしら》は、このあたりのどこぞの浜に……」

　そう言って、安房や上総の浜を指してきた本間に、梶山は困った顔で小さく首を横に振って見せている。今年二十八歳の梶山要次郎は、本間より、少しだけ歳も年功も上であった。

「拙者も平脇も、御頭とは別に動いておったゆえ、いっこう判らんのだ。したが今、稲葉さまも仰《おお》せの通り、『上総や安房は天領があるゆえ、探りやすい』と、御頭も目を付けておられたゆえ、探《さご》うておられたなら、このあたりかと……」

「よし。相判った」

十左衛門は皆の話を切ってそう言うと、「稲葉どの」と声をかけた。

「江戸に戻られるより前に、梶山と平脇の調べてまいった『俵物の流通《ながれ》』について聞いてやってくれ」

「はい。さようでございますね」

と、早くも稲葉は、梶山ら二人に向き直っている。

その稲葉や本間たちに向けて、梶山は話し始めるのだった。

四

金や銀、銅の代わりに「長崎の交易の柱」となった俵物を、幕府が独占して集めるようになったのは、今から二十四年前、延享《えんきょう》元年（一七四四）のことである。

集めるといっても、むろん無料《ただ》で集められる訳はないから、諸方の浜から直接に買い付けることになる。

こうして浜の漁民たちとそれぞれに交渉して、「この品質で、この量の干鮑なら、幾ら払う」という風《ふう》に、現地で買い付ける者のことを『下請け手先人《てさきにん》』と呼んだ。

　この下請け手先人のほとんどは、その漁村の庄屋をはじめとした有力な村民で、漁師たちから買い付けた干鮑や煎海鼠を、『下請け人』と呼ばれる規定の商人に売り渡すことになっていた。

　商人とはいっても、物売りの類《たぐ》いではなく、これは「廻船問屋《かいせんどんや》」である。自家で船を持っており、その持ち船であちこちの浜の下請け手先人のもとをめぐって、俵物の集荷を行い、それを集荷拠点となる大店《おおだな》の俵物問屋に届けるのである。

　江戸や大坂、下関《しものせき》などと、集荷拠点の俵物問屋は大きな都市それぞれにあり、そこから長崎に集められて、最終となった。

　ちなみに江戸にある集荷拠点は、『鮫屋《さめや》』という俵物問屋である。

　稲葉が以前、耳にしたという「江戸の御用達の問屋」は、この「鮫屋」であろうと思われた。

「なれば、ご筆頭。私は、これにて……」

　と、稲葉は早々に江戸へと発っていき、十左衛門は梶山や本間らとともに、覚書に載っている上総と安房の浜を、手分けして調査することとなった。

　手分けは二人一組。十左衛門には本間がついて、まずは一組となり、事情通の梶山と平脇が分かれて、本間とともに旅籠に残っていた小人目付二人を一人ずつ、それぞれに仲間につけた。

「したが、さて、漁村を探るとなると、風体《ふうてい》が厄介だな……」

十左衛門の言った「風体」というのは、自分たちの姿形のことである。

このままの衣服や髪型、物のしゃべり方で乗り込めば、あっという間に「江戸から来た役人だろう」と見て取られて、その村がどのように鮑や海鼠を獲って、誰が『下請け手先人』となり、そこにどの廻船問屋が買いに来るのか、その本当のところは隠されてしまうかもしれない。

「そなたたちは、どうする？」

身分を隠してどこかに潜入する捜査など、普段、目付自身はほとんどしないため、十左衛門は本気で途方に暮れていたが、梶山や本間以下、配下の者たちは、もとよりこうした潜入捜査はお手のものであるようだった。

「受け持ちの浜を遠目で一望いたしまして、地形を見てからにてございますが……」

答えてきたのは、梶山要次郎である。

「その浜に山が迫っておりますようならば、猟師の格好でもしておれば平気やもしれませぬし、それが無理なら、村まわりの薬売りにでも化けまして、薬を売り売り、話を聞いてまいりまする」

　そう言って、梶山が自分の荷物のなかから見せてきたのは、江戸でよく売られている万能薬の類いである。ごていねいにも、振り売りの薬屋が、おまけで客に渡す暦《こよみ》や寺社の御札《おふだ》なども、用意してあるようだった。

「村まわりの薬屋か……」

　自分にそんな器用な真似ができるであろうかと、十左衛門がいささか困っていると、横手から本間柊次郎が妙案を出してきた。

「『武家の隠居が家臣の若党を一人連れ、酔狂《すいきょう》に旅に出てきた』というのはいかがでございましょう？　趣味に、絵か俳諧《はいかい》でもございまして、『それがために、旅を……』という触れ込みなれば、怪しまれることもございませんかと……」

「おう！　それがよい。どうにかできそうだ」

「はい」

「なれば、善は急げだ。今日のうちに上総に入って、宿を取り、明朝よりはそれぞれに分かれて、浜に向かうぞ」

「ははっ」

　江戸へと発った稲葉から遅れること半刻《はんとき》（約一時間）、十左衛門ら一行も上総へと発つのだった。

五

翌日の昼頃のことである。

「大身《たいしん》旗本の隠居」という触れ込みの十左衛門は、「家臣の若党」である本間柊次郎を供に連れて、上総国夷隅郡《いすみぐん》にある鵜原《うばら》村という、岩場の海岸のある村を訪れていた。

「こうした格好をしておるのだから、こそこそと隠れるようにするよりは、堂々と村のなかを闊歩《かっぽ》し、村の者らにも声などかけたほうがよいであろう」

と、十左衛門らは判断して、村のなかでは「大通り」と目される道を、わざと人目につくように歩いている。

旗本の隠居といっても、しごく気さくな風情を醸し出して、こちらから、あれこれ村人に声をかけて仲良くなり、できればどこか、村の誰かに一晩、二晩泊めてなどもらえたら、少しは村の様子も判るのではないかと、そうしたところを狙っているのだ。

だが村の者たちは、得体が知れぬ武家の男たちに警戒しているのか、遠くからチラチラとこちらを盗み見る者はあっても、近づいてくる者はいない。

第一、今は日中で、仕事の真っ盛りの頃合いであるためか、こうして道を歩いていても、あまり多くは人影が見られなかった。

「あっ、ご隠居さま！　あれは鮑ではございませんか？」

ともに歩いていた本間が、遠くの何かを指差して、わざと周囲に通るように声高に言ってきた。

「ん？　いや、どれだ？」

十左衛門も首を伸ばして目を細めたが、これは演技などではなく、本当に、どれがそうだか判らないのである。

目付方のなかでは評判であるのだが、まだ年若いせいか、本間柊次郎は妙に遠目の利く男なのだ。

「あれでございます。あの家の向こうの庭に……」

「…………？」

そんな話をしながら近づいていくと、なるほど一軒の家の庭に木材で干し場らしきものが作られており、その干し場の筵《むしろ》の上に、乾いて縮んだ鮑らしきものが並べられているのが見えてきた。

「おう、まことに鮑だな。いやしかし、小さいのう」

「いえ、ご隠居さま。これはなかなか、大きい鮑でございますぞ」

「そうか？　小さかろう？」

と、わりに本気で十左衛門がそう言うと、何を思ったか、いきなり本間が踵《きびす》を返して、その家に訪《おとな》いをかけた。

「頼もう！　誰かおらぬか？」

すると古びた木戸を開けて、なかから四十がらみの女が顔を出してきた。

だがやはり怪訝《けげん》に思っているのであろう。じっとりとにらむように見つめてくるだけで、何とも口を利かない。

そのひどく無愛想な女にめげず、本間は平気で訊ねていた。

「ちと物を訊ねるが、あの干物《ほしもの》の鮑は、形《かた》の大きいものでござろうな？」

「……はい」

女はようやく返事はしたが、それだけである。

「いや本間、あれは、さして大きい鮑ではないぞ。このあたりは、見るだに良い浜でござるゆえ、もそっと形の良いものが獲れよう。なあ、ご新造《しんぞう》」

「…………」

十左衛門にそう言われて、女はいよいよこちらを不審に思ったらしい。

その女の様子を見て取って、十左衛門は重ねて言った。

「いやな、ちと老妻に土産《みやげ》を買《こ》うてやりたいのだ。妻は鮑が好物でなあ。このところ江戸ではなかなか口に入らぬゆえ、旅の土産に買うていってやれば、さぞかし喜ぶであろうと思うてな」

「まあ。なら、うちの干鮑をご覧になって、お土産を……？」

ようやく普通に口を利いてくれた女に、十左衛門は人好きのする笑顔を向けて、こう言った。

「さよう。俳諧の隠居仲間がこの浜で、昔、大きな鮑を買うて、焼いて喰うたそうでな。それがもう、今だに夢に見るほど美味《うま》かったと申しておったゆえ、こうして浜に寄ってみたのだ」

「まあ、そうでございましたか」

女はすっかり信用してくれたらしく、さっきの無愛想が嘘のようである。

だが今度はどうした訳か、急に「すみません」と言ってきた。

「お土産にお売りしたいのは、やまやまなんでございますけど、売っちまっちゃいけないことになっていて……」

「えっ？」

と、横手から口を出してきたのは、「若党の」本間である。

「したが、ほんの一つか二つでよいのでござるよ。さようでございましょう？」

そう言って、こちらを向いてきた本間に合わせて、十左衛門もうなずいた。

「さよう。縦《よ》し大きな鮑がなくば、表の小ぶりの干物でも構わぬ。妻に喰わせる一つがあれば、それでよいゆえ、売ってはくれぬか？」

「でも……」

女が困って口ごもっていると、

「売っちまえ！」

と、奥から男の声が聞こえてきた。

「構わねえから売っちまえ。海に潜《もぐ》って命がけで獲ったなァ、この俺だ。一つや二つ売ったって、お天道《てんと》さまに恥じるもんじゃねえや」

奥から顔を出したのは、女の夫と見える男であった。

いかにも漁師らしく、肌は黒く日に焼けて、皺も深い。

「おう、これは、ご亭主か？」

十左衛門が声をかけると、

「へえ」

と、ぺこりと頭を下げてきた。

「お武家さまは、江戸に帰りなさるなァ、いつ頃で？」

「いや、今日発って、途中どこぞで一泊すれば、明日には江戸に着くかと思うておったのだが……」

「ああ。なら、あんな一月《ひとつき》も干して縮んじまったやつじゃァなくて、煮上げただけの美味《うめ》えのを土産にしなすったらいいや」

「煮上げただけ、とな？」

「へえ」

漁師の男が見せてくれたのは、庭に小屋がけのようにして作られた鮑の加工場であった。

「おう、これはまた……」

十左衛門が思わず本気で声をあげてしまうほど、初めて見る鮑の加工は、複雑なものだった。

まずは鮑を貝殻と身に分けて、身の大きさによって樽《たる》を分け、塩を入れて漬け込んでいく。

この塩漬けを三昼夜ほど寝かせたら、海水で塩を流し、次には真水でよく洗った後、大釜《おおがま》に湯を沸かして、身が柔らかくなるまで茹《ゆ》で上げるそうだった。

「土産になさるってぇなら、この茹で上げが、一等ようごぜえますよ」

「ほう……。これは、たしかに美味そうだな」

「まこと、こちらは大ぶりでございますね」

十左衛門が本間と二人、茹でている最中の釜のなかを覗いていると、亭主が横で、こう言った。

「この大ぶりを干したり、焙《あぶ》ったり、一月《ひとつき》ほども続けりゃ、あの干し場の干からびた鮑《の》になりやすんで……」

「え……？　なれば、まことに、あれは大ぶりの鮑であったのか？」

「へえ」

茹で上げた鮑を、焦げないように低温で焙り乾かしていくのだが、これが難しいという。

「ちょいと火が強くて熱すぎるってえと、身の色が赤くなったり、黒くなったり……。色が変わると、引き取りの値が下がるんで、ここだけァいつも必死でごぜえますよ」

だが鮑はとにかく身が厚いから、一度焙ったくらいでは、水分は抜けきらない。

俵に詰めて長崎や唐まで送っても、腐ったり、黴《かび》が生えたりしないようにするためには、日中は天日干し、夜中はまた焙炉《ほいろ》にかけて乾かしてと、これを大ぶりの鮑であれば四、五十日、小ぶりのものでも三十日くらいは続けなければ、商品としての干鮑にはならなかった。

「ほんとは生で喰うのが一等、美味《うめ》えってぇのに、手間ひまかけて干鮑を作るなんざ、まったく愚《ぐ》の骨頂で……」

「いや、なるほどの……」

これは煎海鼠作りでも同様で、海鼠の内臓を取って洗って、塩漬けにしたものを、茹でたり、干したり、焙ったりと、大変な工程があるということだった。

茹で上げの大鮑を三つ包んでもらい、十左衛門が値段を訊くと、「乾かす前で、さほど手がかかっていないから、一つ二〇〇文ほどでいい」という。

その亭主に、半ば無理やり一両小判を押し付けて、隠居の十左衛門は本間と二人、鵜原村を出たのであった。

六

二人一組で手分けして、あちこちの浜の様子を探ってきた一同が、最初からの打ち合わせの通り、再び上総の最初の宿で落ち合ったのは、五日後のことだった。

「その浜では、大きな干鮑は三、四〇〇文で買い取ることもあるそうですが、小ぶりのものや、少しでも色の悪いものになりますというと、二〇〇文を下ることもあるそうでございまして……」

十左衛門を前に報告しているのは、小人目付の平脇源蔵である。

「ほう……。なれば、そちらも、買い叩かれておるようだな」

うなずいて、十左衛門は、本間と二人でまわったあちこちの浜を思い出していた。くだんの鵜原村をはじめとして、十左衛門らがまわった浜でも、そうした売り値で買い叩かれているところが、ほとんどなのである。

「いやしかし、たとえ小ぶりであろうとも、作業の工程は変わらぬゆえな。一月かけて仕上げた干鮑《もの》が二〇〇文にもならぬのでは、さすがにやる気も起こるまい」

「はい……」

と、平脇が先を続けた。

「ことに煎海鼠は作業の工程が難しく、色や形の悪いものができやすいそうでございまして、そうしたものは一〇〇文にまで落ちることもあるそうで……」

「なに？　それでは皆が煎海鼠を作らぬようになるのは必然であろう。そうも買い叩きが続くようでは、いよいよ数が集まらんぞ」

「まこと、さように……」

　大きくうなずいてきたのは、本間柊次郎である。

「何でも海鼠がおります浜は、潮の流れがことさらに強いうえ、藻《も》の多い滑りやすい岩場だそうにございまして、鵜原の亭主の申しようではございませんが、本当に命がけで……」

「うむ。そうして獲って、手間をかけて乾かして、安く買い叩かれるのでは、出荷の量は増えようがあるまい。何ぞ、改善の手立てを考えねば……」

　老中の右近将監が期待しているのは、長崎に送られる俵物の数を劇的に増やすことである。

「やはり買い値に統制を加えて、『下請け手先人』が買い叩いて儲けようとするのに、歯止めをかけねばならぬな……」

　十左衛門の言葉に、本間や平脇たちがそれぞれにうなずいていると、「あの……」と、これまで妙に黙っていた梶山要次郎が、口を開いてきた。

「いまだはっきり裏が取れてはおりませぬゆえ、黙っていたのでございますが……」

「ん？　どうした？」

「はい……」

梶山はいつになく煮え切らないが、十左衛門は黙ったままで気長に待った。

こうした時に下手《へた》に焦《あせ》らせたり、厳しい顔を見せたりすると、配下の者らは「やはり証《あかし》を立ててから、ご報告を……」と黙ってしまう。

だが案件の調査などというものは、えてして今の梶山のような、まだ証の立たないような要素から何かが判ってくるもので、長年の目付暮らしでそれを承知している十左衛門は、きわめてさり気ない調子で梶山を励ました。

「どうしたな、要次郎。よいから、何でも申してみよ。どうで、もう、話の先は煮詰《につ》まっておるのだ」

「はい」

どうで話の先は煮詰まっているというあたりが、梶山に勇気を持たせたのかもしれない。梶山要次郎は顔を上げると、思いがけないことを言い出した。

「おそらくですが、浜の漁師は毎年、先に『前貸し金』のごとき金子《きんす》を配られておるのではございませんかと……」

「なに？　前貸し金とな？」

「はい……」

梶山は自信なげな顔ながらも、先の説明をし始めた。

「実は私、くだんの薬屋になりまして、漁師らに酒をおごってみたのでございますが、そのうちの酔うた一人が、『今年も漁の前貸し金は返せまいが、たとえ返せずとも、どうせまたもらえるから……』という風な話を、つるりと口にいたしまして……」

まるで自慢でもするかのように男は話し出したのだが、すると仲間のほかの漁師たちが見るからに慌て出して、「飲み過ぎだ。早く帰れ」とか、「何を、訳の判らんことを……」などと、男の言葉を皆で必死に打ち消そうとしたという。

「『それは何だ？』と突っ込んで訊ねてしまいましたら、周《まわ》りに怪訝に思われましょうし、しかたなく、それはそこまでの話として、後でどうにか調べをつけようと考えておりましたのですが……」

「うむ……」

と、十左衛門はうなずいた。

「ようやったぞ、要次郎。『前貸し』と申すものが、どこから出るかは判らぬが、『漁の前貸し』と申したならば、煎海鼠や干鮑をこしらえてもらうための費用《かかり》のようなものかもしれぬ」

「はい。私もそのように……」

梶山はそう言うと、冷静に先を読んだ。

「『前貸し金を渡してまで鮑や海鼠を……』というのですから、おそらく金を貸しているのは下請け手先人あたりかと存じますが、『返さずともよい』というのが判りませぬ」

「うむ……」

十左衛門がうなずいて、沈思し始めた時だった。

「梶山さま」

と、横手から、本間がやけに沈んだような声を出した。

「ここに御頭《おかしら》がおられましたら、随分と、お褒めくださいましたでしょうね……」

「ああ……」

梶山もうなずいて、そのまま暗く目を伏せている。

十左衛門ら一行は三手に分かれて浜を巡り、俵物について調べながらも、懸命に、斗三郎の手がかりを探し続けているのだが、いっこうそれらしき「よそ者」についての噂が出てこないのである。

見れば、本間や梶山ばかりではなく、平脇や他の小人目付たちも、すっかりうつむいてしまっている。

十左衛門は、皆に「御頭」と呼ばれている自分の義弟が、配下《した》の者らに心底から慕われていることを、改めて気づかされるのだった。

「よし。なれば、斗三郎《あれ》が喜ぶよう、この先も励まねばならぬな」

十左衛門はそう言うと、こちらに顔を上げてきた一同を見渡した。

「これよりは、梶山の申した『前貸し金』とやらを重点に、また他をあたってくれ。皆、よいな？」

「ははっ」

十左衛門が言った「ほか」というのは、まだ十左衛門ら一行がまわりきれていない「別の浜」のことである。

今度は三日後の集合を約束して、十左衛門らはまた分かれて調査へと向かうのだった。

七

梶山の嗅《か》ぎ出してきた『前貸し金』の存在は、大いに調査《しらべ》を前進させる力となった。

また梶山が「気前よく酒食をおごってくれる薬屋」になったり、平脇が「鮑や海鼠を抜け買いしようとする小悪党」に扮したりして、調査を進めていくうちに、浜の漁師たちに毎年配られている「前貸し金」なるものが、どこから出ているものかが判ってきたのである。

金の出所《でどころ》は、長崎であった。

長崎には、幕府が御用達《ごようたし》商人として俵物の取り扱いの独占権を与えている、八軒の俵物問屋がある。

『長崎俵物一手請方問屋《いってうけかたどんや》』と、幕府から長ったらしい肩書きを与えられた長崎の大店八軒は、それぞれに担当の浜を持っていた。

『長門屋《ながとや》』は、出雲《いずも》から、安芸《あき》、周防《すおう》、長門までの西国の浜からの買い付け」

「『帯屋《おびや》』は、松前、津軽から、仙台《せんだい》、上総、安房に相模《さがみ》までの北国と関東」

などという風に自分の持ち場が分かれていて、担当の浜から少しでも多く干鮑や煎海鼠が上がってくるようにと、躍起になっていたのだ。

「この長崎の八軒問屋が、下請け手先人に金子《きんす》を預けておりまして、諸方の浜に配っているようにてございます」

そう報告をしてきたのは、平脇源蔵である。

今、十左衛門ら一行は、「三日後に……」と約束した上総の宿に、再度集まっていて、それぞれに報告を持ち寄っているところであった。

「して、平脇。『配る』というに、何ぞ一定の決まりはあるようか？」

十左衛門の問いに、平脇は「いえ」と、首を横に振って見せた。

「どうも『買い付け』と同様、『前貸し金の貸し出し』の額も、すべて手先人任《まか》せとなっておりますようで、手先人が気に入っている漁師《もの》には多額に貸し出し、そうでない者には小額をと、手先人のやりたい放題でございまして……」

平脇は、抜け買いを企《たくら》む小悪党を演じていたため、その平脇に高く売りつけようとしていた手先人が、平脇と親しくなって信用させるため、そうした裏話を話してくれたそうだった。

「私は『小悪《こわる》』と侮《あなど》られておりましたようで、『買わぬか』と見せられました代物は、干鮑も煎海鼠も、まあ品の悪いものでございました……」

いかにも「焙り」に失敗したと見える黒ずんで焦《こ》げたものや、加工の途中で欠けてしまったような三流品ばかりを見せられたという。

「ではそうして長崎に出せない品の悪いものを、下請け手先人が手元に残して、不当に売りさばいているということか」

十左衛門がそう言うと、

「いえ、悪い品ばかりとは限りませんで……」

と、平脇は先を続けた。

「私が『もっと良いものはないのか？』と粘りましたら、『これは！』と目を瞠《みは》るような逸品も出てまいりました」

素人目《しろうとめ》にも色艶がよく、大ぶりで、前に見せられた品との違いように、平脇も驚いたという。

「けだし、煎海鼠は一つ二両で、大ぶりの干鮑がほうは三両にてござりまする。あれはおそらく、すでに売り先が決まっていて、私には売りたくなかったのでございましょう」

「なれど平脇、そなたに抜け売りをしようとしたその手先人は、どこから荷を都合するのだ？　そうでなくとも鮑も海鼠も足らぬというのに、抜け売りの分などなかろう」

横手から言ってきた本間に、

「そこでございまして……」

と、平脇は身を乗り出した。

「どうも長崎の問屋のほうには、『あの浜は、鮑も海鼠も不漁だ』と嘘を申しているらしく、浜から安く買い付けた品をちょこちょこと、手元に残し溜《た》めておるようにございました。ああした手合《てあい》は、それを『囲い置き』と……」

「ほう」

と、腕組みをしたのは、十左衛門である。

「なれば、そうした抜け売りや囲い置きも、長崎に送る量を減らすに一役買《こ》うているということだな」

「はい」

そんな話で一段落して、つと一同が黙り込んだ時だった。

「失礼をいたします。お江戸より早飛脚で、お文が届きましたのですが……」

と、宿の主人が襖の外から声をかけてきた。

サッと小人目付の一人が気を利かせて、宿の主人から急ぎ文を受け取ると、このあたりには近づかぬようにと釘を刺している。

十左衛門の手に渡った文は、江戸に帰った稲葉徹太郎からのものであった。

「いや、なんと……！」

文を読み、憤慨したらしい十左衛門に、

「ご筆頭、文には何と……？」

と、梶山が訊いてくる。

本間ら他の者たちも喰い入るように見つめていて、その皆に、十左衛門はため息を一つして、こう言った。

「長崎の問屋が『前貸し金』を出しておること、ご老中方は、端《はな》からご存じのようだ」

「えっ!」

と、本間が一番に飛びついてきた。

「では、それを下請け手先人が、好きに配っておりますことも、ご承知で?」

「さよう。稲葉どのが、元長崎奉行の笹塚丹後守《ささづかたんごのかみ》さまにうかがってくれたというのだから、まことであろうさ」

「なんと……!」

本間がはっきり怒気を出すのも、当然であった。

そもそも前貸し金の制度があるから、浜の者たちの労働意欲がそがれるのである。

まだ海にも潜らぬうちに、「前貸し金」と称して訳の判らぬ金子が配られて、

「その金の返済は、今年の干鮑や煎海鼠で払え」

と、そう言われ、なればと苦労して鮑や海鼠を加工しても、手先人は百文や二百文で買い叩いていくのである。

それでも前貸し金の返済が、毎年ごとにきちんと収支して、干鮑や煎海鼠で払えない分を現金で返したり、借金として積み重なっているというなら、話は判る。

だが前貸し金は、たとえその年、干鮑や煎海鼠が少なくて返済分が残ったとしても、そのまま帳消しになり、借金の形にはならずに、翌年の分は、また新しく貸してもらえるのだ。

「前貸しは踏み倒せるわ、干鮑や煎海鼠は買い叩かれるわで、それでやる気を出せと申しましても、それは無理というもので……」

ため息をついた梶山が、そう言った時だった。

またも部屋の外から、男の声が聞こえてきた。

「失礼をいたします。漆田《うるしだ》幾四郎《いくしろう》にござりまする」

「なに？」

と、目を丸くしたのは、十左衛門である。

その十左衛門の前に現れて「殿」と平伏してきたのは、妹尾家の若党の一人、十八歳の漆田幾四郎であった。

「どうした、幾四郎。何ゆえに参ったのだ？」

まだ驚いた風が抜けない十左衛門に、漆田は嬉しそうに報告してこう言った。

「橘さまがご無事でいらっしゃいました。今朝早く、橘家より文が届けられまして」

「なに！」

漆田が渡してくるのを待ちきれず、十左衛門は鷲づかみに、もぎ取った。

すでに封が切られている文を乱暴に開くと、十左衛門は夢中でむさぼり読んでいたが、読み終えたとたんに、まるで腰が抜けたように座り込んだ。

「ご筆頭……」

じりじりと待っていた本間や梶山が、我慢できずに声をかけて、十左衛門から渡された文を、皆で頭を突き合わせるようにして読んでいる。

『興津《おきつ》』と申しましたら、鵜原の隣ではござりませぬか！」

どうやら本間が自分に腹を立ててそう言って、十左衛門も大きく何度もうなずいていた。

斗三郎は、崖から落ちて大怪我をして、興津村の百姓に助けられていたそうである。

あの日、斗三郎は、金ヶ作の旅籠の二階から何気なく外を見て、見知っている男と目と目が合ったそうである。

俵物の『下請け人』をしている廻船問屋「播磨屋《はりまや》」の一番手代で、左太郎《さたろう》という男であった。

向こうに「あっ」と気づかれて、頭を下げられ、斗三郎は「今、そこに下りていくから……」という風に身振り手振りで伝えると、あわてて着流しのまま、手荷物だけを持って外に出たという。

外に出たとはいっても、玄関から出た訳ではなく、庭を抜けて裏木戸から、そっと通りに出たのである。

稲葉や本間たちに気づかれて、「どこに行くのだ？」などと、大きな声で話しかけられたら困る理由が、『隠密御用』の命《めい》を受けている斗三郎にはあった。

斗三郎の行動を淡々と眺めていたらしい左太郎は、斗三郎が自分の前までようやく着くと、にんまりと笑ったらしい。

「これはまあ、また何ぞか危ない橋をお渡りで……？」

左太郎は、斗三郎のことを、あちこちで抜け荷を買い叩いては、他所で高く売りつけている小悪党だと思っていたのである。

それというのも斗三郎は、上総や安房の俵物を集めて江戸に運んでいる廻船問屋の「播磨屋」が、どうやら大きく俵物の囲い置きをしているらしいことをつかんで、わざとチラチラ脅すように顔を出し、果ては「囲い置きの俵物を、安く売らないか？」と、悪党よろしく声をかけたのだった。

そんな次第であるから、万が一にも左太郎に『人馬の御証文』など見られて、斗三郎《こちら》が幕府の目付方だと知られたら、左太郎ともども播磨屋に逃げられてしまうため、後ろ髪を引かれる思いではあったが、わざと旅籠に御証文を置きっ放しにしたという。

そのあと斗三郎は左太郎と話をしながら、しばらく街道筋を歩いていたそうなのだが、街道から海のほうへと道が分かれる追分《おいわけ》まで来ると、左太郎が、

「では私は、船に戻りますので、これで……」

と、明らかに「これ以上は、ついてくるな」と言わんばかりの鋭い顔を向けてきたため、無理にはごねず、おとなしく別れたらしい。

そうして一見、素直に別れておいて斗三郎は、離れた場所から何とか左太郎を尾行しようと、懸命に林のなかを進んでいったということだった。

文を読み終え、「とにかく一刻でも早く」と、本間とともに馬で興津村に駆けつけると、斗三郎は「義兄上《あにうえ》」と笑ったが、いまだ布団の上でも起き上がれないようだった。

「蚯蚓《みみず》がのたくったような酷い筆跡《て》であったゆえ、どうで、こんなことであろうと思うたぞ」

「これはまた、会《お》うた早々、手厳しい……」

そう言ってまた笑顔を見せてきた義弟のすぐそばに、十左衛門は座り込んだ。

斗三郎はこの百姓家の者に頼んで、わざと農具の納屋のなかに寝ていたが、この家の者にだけは「浜を調べに来た幕府の役人」と名乗って、大切に看病してもらっていたという。

「左太郎を乗せました船が、どこをまわるか確かめまして、船が寄った浜を片っ端から、抜け荷の疑いがないか否か調べるつもりにございました」

このあたりは、海と山とがぴたりとくっついているところが多いから、林の途切れた場所を選べば、海を行く播磨屋の船が一望の下に見渡せる。

斗三郎は水面に船の姿を追いながら、「もっとよく見える高場はないものか」と、林のなかを夢中で駆けていたそうで、船に気を取られて進むうちに、「あっ」と思った時には小さな崖を転がっていたということだった。

「おまえらしくもない。崖から落ちるとは何たることだ」

これまでの心配が高じて、つい口調が荒くなる。

だが、この義弟はどこまでも、飄々《ひょうひょう》としているようだった。

「お褒めに預かり、光栄にござりまする」

「馬鹿者！」

気がつけば、遠慮して離れている本間が、懸命に笑いをこらえているらしい。

そんな空気が改めて嬉しくて、十左衛門のほうは懸命に湧きそうになる涙をこらえるのだった。

八

斗三郎のつかんできた廻船問屋の播磨屋は、俵物の囲い置きと抜け売りとが発覚して、家財没収の上、主人は打ち首、左太郎をはじめとした手代や番頭の幾人かは、島送りとなった。

播磨屋の悪事の下には、文字通り「手先」となっている下請け手先人たちがいて、そうした者らも次々と明るみに出て、不正に加担した総額によって島送りとなる者、江戸十里四方の追放となる者と、明暗が分かれた。

ただこれは上総と安房に限ったことであり、ほかの地方の浜でも同様に、こうした不正はあるはずである。

老中首座の右近将監は、二名の長崎奉行たちと諮《はか》って、播磨屋の例を「出し」にして、全国の俵物の不正について一斉に調べ直すということだった。

これで一見、こたびの俵物の案件については、すべてが収まったようでもある。

だが十左衛門は、こたび斗三郎や自分が請け負ったこの一件が、これではいっこう、解決を見ないことに気づいていた。


「え……？　ではご筆頭、まこと右近将監さまに、ご進言なさるおつもりで？」

目を丸くしてそう言ってきたのは、佐竹甚右衛門である。

「うむ。ここを言わねば、幾年経っても、俵物は集まらぬままゆえな」

「いや……。それはたしかでございましょうが……」

佐竹は言葉を濁したが、そんな佐竹と同様、困惑した顔で「ご筆頭」を見つめているのは、一人や二人ではなかった。

今、十左衛門は目付部屋での合議の席で、今回の俵物の案件における最大の問題点である「前貸し金の制度について」を、皆に話し終えたところである。

今回の一件は、すでに播磨屋をはじめとした抜け売りの者らの処罰も済んだ後であるから、この話を蒸し返す十左衛門《じぶん》のほうが、当たり前でないのは判っている。

だが、くだんの『前貸し金』の制度を是正して、「返済せずとも、また貸してもらえる」ことや、「あれほどに手間のかかる干鮑や煎海鼠を、驚くほどの安値で買い叩く」ことをやめないかぎり、俵物が集まらないのは目に見えていた。

「あの愚かしい『前貸し金』のやりようを、幕府が長崎の俵物問屋に許しているうちは、どうにもならぬ。是非にも進言して、こたびが一件をよい機会に、やめていただこうと存ずる」

「いや、ですが、ご筆頭……」

と、佐竹が勘定方に詳しい者らしく、十左衛門を説得にかかって、言ってきた。

「長崎の交易は、古《いにしえ》より幕府財政の根幹を成すものにてござりまする。しかして、その交易は、やはり当地で異国の者らと渡り合うことのできる長崎の商人《あきんど》なくしては、どうにも成り立ちませぬゆえ……」

「さよう。それは儂とて、この目で長崎を見てまいったゆえ、判っておる」

「なれば、ご筆頭。なおさら……」

そこまで言って、その先を言いあぐねている佐竹に、十左衛門はうなずいて見せた。

「『長崎の俵物問屋を好きにさせてはいけませぬ』と、上つ方に進言しても無駄《むだ》だと、そう申されるのであろう？」

「はい……」

と、素直に返事をしてきた佐竹を、十左衛門は筆頭として、好ましく思った。

目付はこうして嘘がないのが、一番の美徳なのである。

だが「嘘をつかない」という美徳は、決してこの目付部屋《へや》のなかだけで、済ませていいはずのものではなかった。

十左衛門は、また一段と声をやわらげて、こう言った。

「目付が、いったん『是正すべきものがある』ことに気がついてしもうたら、これは必ずその是正を目指して、たとえ誰を相手にしても『言わねば』ならぬ。どうだな、佐竹どの。判ってくれるか？」

「ご筆頭……」

佐竹は目を伏せたきり、もう何も言えなくなったようである。

その佐竹の肩に優しく手を置くと、十左衛門は他の皆を見渡した。

「なれば、おのおの方、票決に移ろうと存ずる」

「ははっ」

いっせいに低頭してきた目付たちが、目付方の総意として決めたのは、老中首座の右近将監に「前貸し金の停止」を進言することであった。

目付部屋から御用部屋へと向かう長い廊下を、十左衛門は一人静かに進んでいくのだった。

時代小説

二見時代小説文庫

武家《ぶけ》の相続《そうぞく》　本丸《ほんまる》 目付部屋《めつけべや》7

著者　藤木《ふじき》 桂《かつら》

発行所　株式会社 二見書房
〒一〇一-八四〇五
東京都千代田区神田三崎町二-一八-一一
電話　〇三-三五一五-二三一一［営業］
　　　〇三-三五一五-二三一三［編集］
振替　〇〇一七〇-四-二六三九

印刷　株式会社 堀内印刷所
製本　株式会社 村上製本所

落丁・乱丁本はお取り替えいたします。
定価は、カバーに表示してあります。

 ISBN978-4-576-20152-8
https://www.futami.co.jp/

藤木 桂

本丸 目付部屋 シリーズ

以下続刊

① 本丸 目付部屋 権威に媚びぬ十人
② 江戸城炎上
③ 老中の矜持
④ 遠国御用
⑤ 建白書
⑥ 新任目付
⑦ 武家の相続

大名の行列と旗本の一行がお城近くで鉢合わせ、旗本方の中間がけがをしたのだが、手早い目付の差配で、事件は一件落着かと思われた。ところが、目付の出しゃばりととらえた大目付の、まだ年若い大名に対する逆恨みの仕打ちに目付筆頭の妹尾十左衛門は異を唱える。さらに大目付のいかがわしい秘密が見えてきて……。正義を貫く目付十人の清々しい活躍！